Între Stele Și Salturi Moștenirea Campionilor

Copyright

Ⓒ

Bucur Loredan 11-11-2024
Birmingham U.K.

Prolog:

Într-o seară liniștită,o sală de gimnastică dintr-un colț uitat de lume,lumina blândă a apusului pătrundea printre feroneria veche,lăsând umbre delicate pe pereți.Însă,în ciuda vremii care trecea și a erelor care se schimbau,nimic nu putea sterge amintirea celor care,cu o pasiune arzătoare și o viziune clară,au construit un imperiu din mișcare și sacrificiu.Mia Thompson și Brian Zane,cei care au modelat destine,au schimbat înfățișarea gimnasticii mondiale și au lăsat o amprentă ce n-a putut fi ștearsă nici măcar de timpul nemilos.Fiecare salt,fiecare rotire, fiecare răsuflare adâncă dintr-o competiție importantă,fiecare ridicare a unei echipe de pe jos,toate au purtat cu ele un strop din acea magie care a transformat gimnastica într-un simbol al spiritului uman.Ei nu au fost doar antrenori,au fost arhitecți ai unui vis care transcendea granițele sportului.Mia și Brian nu au învățat doar despre tehnică și disciplină,ci și despre empatie,despre cum să formezi nu doar sportivi,ci oameni care să poată face față vieții.Timpul a trecut,dar ecoul pașilor lor se auzea încă în fiecare colț al sălilor de gimnastică din întreaga lume,iar amintirea lor trăia prin fiecare gimnast care învăța să zboare,prin fiecare tânăr care își depășea limitele,prin fiecare echipă care se ridica împreună.Și astfel,în fiecare adiere de vânt,în fiecare mișcare dintr-o practică de dimineață,se simțea acea energie inconfundabilă care,odată ce fusese aprinsă,nu putea fi stinsă.Aceasta este povestea lor,a celor care au fost printre primii care au schimbat pentru totdeauna fața gimnasticii,iar moștenirea lor a fost purtată de generații întregi de sportivi care nu vor uita niciodată că,dincolo de performanță, există mai mult.Și într-o lume în care totul pare efemer,unde medaliile se câștigă și se pierd,Mia și Brian au lăsat o comoară ce nu se va pierde niciodată:lecțiile despre curaj, iubire și perseverență.Aceasta este povestea lor,o poveste despre schimbare,despre visuri împlinite,despre durere și triumf,dar mai ales despre ceea ce înseamnă să fii cu adevărat viu în ceea ce faci.

Cuprins:

Prolog:
Introducere în lumea gimnasticii și impactul Mia Thompson și Brian Zane asupra sportului
Primele întâlniri și începuturile unei povești de succes

Capitolul 1: Începuturile
Copilăria Miei și a lui Brian
Pasiunea lor pentru gimnastică și începuturile ca sportivi
Primele antrenamente și provocările din carierele lor

Capitolul 2: Drumul spre succes
Performanțele internaționale ale lui Mia și Brian
Ascensiunea lor ca antrenori
Crearea unui sistem de antrenament revoluționar

Capitolul 3: Viața personală și iubirea
Cum s-au întâlnit Mia și Brian
Povestea lor de dragoste
Decizia de a-și întemeia o familie

Capitolul 4: Echipa de gimnastică din America
Antrenamentele din America
Formarea echipelor de gimnaste și gimnaști
Măiestria lui Mia și Brian în comunicare și antrenamente

Capitolul 5: Trădări și sacrificii
Provocările pe care le-au întâmpinat în carierele lor
Trădările și greșelile care au marcat drumul lor
Cum au reușit să depășească obstacolele

Capitolul 6: Nașterea unui vis: Oliver
Amelia și Ethan și creșterea fiului lor, Oliver
Primele lecții de gimnastică în familie
De la copil la tânăr sportiv cu un vis

Capitolul 7: O nouă generație
Anii în care Mia și Brian au devenit mentori
Formarea unei noi generații de gimnaști
Lecțiile despre echipă, sacrificiu și succes

Capitolul 8: Moștenirea lăsată în urmă
Impactul lor asupra lumii gimnasticii și a sportului în general
Recunoașterea internațională ca inovatori în antrenament
Cum au schimbat percepția asupra antrenamentului și comunicării

Capitolul 9: Trăind prin amintiri
Viața după plecarea lor
Cum continuă să fie inspirație pentru sportivi și antrenori
Reflexii asupra moștenirii lor și a valorilor transmise

Capitolul 10: Sfârșitul și începutul unei noi ere
Încheierea carierelor lor
Cum fiecare sportiv care le-a fost mentor poartă cu el lecțiile lor
Moștenirea lor care trăiește prin fiecare salt și fiecare victorie

Epilog:
Recunoașterea lor ca pionieri ai gimnasticii
În continuare, un simbol al dragostei și pasiunii pentru sport
Concluzia și lecțiile care trăiesc în fiecare nouă generație

Capitolul 1: Începuturile

Într-un oraș mic și liniștit din Australia,pe nume Riverbend,trăia o fetiță de opt ani pe nume Mia Thompson.Era o fetiță plină de energie,cu părul castaniu deschis și ochii mari,curioși,de un albastru strălucitor,care trăiau mereu într-o lume a viselor și a întrebărilor.Casa familiei Thompson era un loc cald și primitor,așezată pe o străduță liniștită,cu o grădină verde în față, plină de flori colorate și o potecă îngustă de pietriș care ducea spre ușa principală.Casa avea pereții din cărămidă roșie și ferestre mari,prin care razele soarelui australian pătrundeau generos în toate camerele.La etajul superior,Mia avea propria cameră,un spațiu mic,dar plin de personalitate,unde pereții erau tapetați cu desenele și posterele ei preferate.Tatăl ei, Jack Thompson,era medic în orașul lor.Era un om blând,cu o privire calmă și o voce liniștitoare,care mereu îi spunea Miei povești despre oameni pe care i-a ajutat și le-a oferit o a doua șansă la viață.O învăța mereu că sănătatea este cea mai mare avere,și Mia îl admira enorm pentru dedicarea și răbdarea sa.Mama Miei,Sarah,era polițistă,o femeie puternică și hotărâtă,cu o minte ascuțită și o inimă curajoasă.Ea mereu îi spunea Miei despre importanța dreptății și despre cum trebuie să ai curaj să faci ceea ce este corect,chiar și atunci când nimeni altcineva nu o face.În fiecare dimineață,Mia pleca spre școala din oraș,o clădire veche,dar îngrijită, cu o curte mare în care copiii alergau și râdeau.Mia era o elevă atentă, cu un zâmbet ușor timid,dar dornic să se apropie de toți.Însă,dincolo de școală,Mia avea o altă pasiune care îi aprindea inima,gimnastica.Totul a început într-o după-amiază de iarnă,când părinții ei au dus-o la o sală de gimnastică nou deschisă în Riverbend.Sala era luminoasă,cu aparate strălucitoare și o echipă de antrenori profesioniști care îndrumau copiii.De cum a pășit în acel loc,Mia s-a simțit de parcă ar fi intrat într-o altă lume.Îi plăcea fiecare săritură,fiecare piruetă,fiecare mișcare grațioasă pe care antrenorii o demonstraseră cu atâta măiestrie.Pe parcursul lunilor,Mia a început să-și dezvolte o legătură specială cu antrenoarea sa,Lisa,o fostă gimnastă de performanță,cunoscută pentru tehnica impecabilă și personalitatea sa caldă.Lisa vedea în Mia un potențial rar,o combinație de pasiune,determinare și talent pur,așa că a decis să o antreneze cu mai multă atenție.Mia a început să petreacă ore întregi în sala de gimnastică,muncind din greu pentru a-și îmbunătăți fiecare mișcare.

Părinții ei o susțineau din tot sufletul,încântați de strălucirea din ochii fiicei lor când vorbea despre competițiile la care visa să participe.La început,gimnastica era o activitate plină de bucurie pentru Mia.Însă,pe măsură ce începea să exceleze,competițiile deveneau tot mai dificile și provocările tot mai mari.La prima ei competiție națională,când avea zece ani,Mia a făcut o performanță remarcabilă și a câștigat medalia de aur la categoria sa de vârstă. Dar succesul acesta nu a venit fără sacrificii.Prietenele ei de la școală au început să devină distante,unele chiar geloase pe popularitatea ei în creștere și pe succesul pe care îl atrăgea.Cele mai bune prietene ale ei,Claire și Emily,chiar au început să răspândească zvonuri răutăcioase despre Mia,spunând că petrece prea mult timp la antrenamente și nu-i mai pasă de ele.Mia se simțea trădată și rănită,însă părinții ei au încercat să o încurajeze să își urmeze visul și să nu lase nimic să îi afecteze drumul.Antrenoarea Lisa i-a fost,de asemenea,aproape,oferindu-i sfaturi și îndrumare.
-Mia,îți va fi greu uneori,dar cei care îți sunt prieteni adevărați te vor susține,indiferent de cât de departe vei ajunge,îi spunea Lisa cu o privire încurajatoare.Pe măsură ce anii au trecut, Mia a început să participe la competiții tot mai mari,iar talentul ei a atras atenția antrenorilor de renume din toată Australia.La paisprezece ani,a fost selectată să facă parte din echipa națională,un vis care devenea realitate,dar care aducea și noi provocări.În acest mediu competitiv și exigent,Mia și-a făcut noi prieteni,

dar a experimentat și primele forme de trădare adevărată.Într-o zi,când pregătea o rută complexă pentru o competiție internațională,a descoperit că una dintre colegele ei îi sabota antrenamentele.Se simțea dezamăgită și confuză, neînțelegând de ce cineva ar încerca să îi dăuneze visului la care muncise din greu.Cu toate acestea,nu s-a lăsat descurajată.A continuat să muncească din greu și să se dedice complet antrenamentelor,fiind motivată de sprijinul părinților și al antrenoarei Lisa.Părinții ei au fost mereu lângă ea,sacrificându-și timpul și energia pentru a-i oferi cea mai bună susținere.În cele din urmă,la șaisprezece ani,Mia a reușit să-și îndeplinească un alt vis:să participe la Olimpiadă.În timpul competiției,a dat tot ce avea mai bun,aducând acasă o medalie de argint și făcându-și părinții,antrenoarea și toată echipa mândri.În acea zi,Mia a înțeles cât de important era să îți urmezi visurile cu pasiune și determinare,indiferent de obstacolele întâlnite pe drum.Prieteniile,trădările și iubirea părinților au fost lecțiile de viață care au modelat-o,iar experiențele trăite au transformat-o într-o persoană puternică și încrezătoare.Peste ani,când Mia a devenit o gimnastă cunoscută și un model pentru tinerele generații, și-a amintit mereu de cuvintele Lisei și de susținerea părinților ei.Ele au fost sursa puterii sale,iar dedicarea lor a fost piatra de temelie pe drumul spre succes.Anii au trecut,iar Mia devenise o adevărată stea a gimnasticii.

La douăzeci de ani,era deja o figură cunoscută pe scena internațională.Medaliile și trofeele se adunau la gâtul ei,dar povara succesului devenise și mai grea.În ciuda performanțelor ei impresionante,în sufletul ei simțea că îi lipsea ceva.Competițiile intense,orele lungi de antrenament și dorința constantă de a fi cea mai bună o făceau să se simtă uneori goală și singură.Într-o noapte,Mia se afla în camera ei de hotel,la un concurs important în Japonia,când a primit un mesaj neașteptat de la Claire,una dintre prietenele din copilărie.Claire o întreba cum se simțea și își exprima regretul pentru tot ce se întâmplase între ele în trecut.Deși la început Mia nu știa cum să răspundă, amintindu-și de momentele dureroase din copilărie,a decis totuși să îi dea o șansă.Cele două au început să vorbească din nou,iar conversațiile lor nocturne au devenit un refugiu pentru Mia.Claire o ajuta să-și amintească de vremurile când gimnastica era doar un vis frumos,nu o responsabilitate copleșitoare.În timpul acestor conversații,Mia a realizat cât de mult s-a schimbat de-a lungul anilor și cât de mult și-a sacrificat din viața personală pentru carieră.Cu toate acestea,prietenia lor a fost restaurată și i-a oferit o nouă perspectivă asupra vieții,una care nu implica doar ambiția de a câștiga.Dar odată cu apropierea unei noi Olimpiade,presiunea a revenit.Antrenamentele au devenit și mai intense,iar presiunea a ajuns la un punct maxim când antrenoarea ei,Lisa,a trebuit să o împingă să depășească orice limită pentru a-și asigura șansa la aur.În mijlocul acestor antrenamente extenuante,Mia a început să simtă o durere persistentă în umăr.Inițial,a ignorat-o,spunându-și că este doar o mică accidentare.Însă durerea a crescut,iar medicii i-au spus că ar putea fi ceva serios și că ar trebui să se oprească pentru a evita o accidentare gravă.Pentru prima dată,Mia se afla în fața unei dileme uriașe:să riște totul pentru un vis pe care l-a avut încă din copilărie sau să se retragă,protejându-și sănătatea.A ales să continue,împinsă de dorința de a atinge perfecțiunea și de a nu-și dezamăgi antrenoarea,părinții și pe toți cei care credeau în ea.A venit ziua competiției,iar Mia,plină de emoții și durere,a pășit pe covorul olimpic.Sub privirile a mii de spectatori și sub reflectoarele ce o luminau,a executat rutina perfect,cu o grație și o determinare care uimeau pe toți.Însă,la finalul exercițiului,în timp ce ateriza,a simțit o durere puternică în umăr și s-a prăbușit la podea.A fost dusă de urgență la spital,iar diagnosticul era clar:o accidentare gravă,care îi impunea o pauză lungă și nesiguranța dacă va mai putea face gimnastică vreodată.În acele momente,Mia s-a simțit devastată,ca și cum o parte din ea fusese ruptă.Însă,în spital,și-a dat seama că era înconjurată de cei care au fost mereu acolo pentru ea:părinții,antrenoarea Lisa și prietena sa Claire,care venise din Australia doar pentru a o susține.Accidentarea a marcat o nouă etapă în viața Miei.După recuperare,a realizat că drumul ei nu trebuie să se oprească aici.Chiar dacă gimnastica de performanță era incertă pentru ea,a decis să își folosească experiența și să devină antrenoare,oferind tinerelor gimnaste acea motivație și înțelegere pe care ea însăși le primise de la Lisa.În această nouă etapă,Mia și-a găsit o nouă chemare,să inspire,să încurajeze și să susțină alți tineri să-și urmeze visele.În final,Mia a învățat că adevărata valoare a succesului nu este doar în medalii,ci în puterea de a se regăsi pe sine și de a lăsa o moștenire care să inspire generațiile viitoare.Cu timpul,viața ei s-a umplut din nou de bucurie și scop,și a rămas cunoscută nu doar ca gimnasta de aur a Australiei,ci și ca mentorul care a schimbat viețile multor tineri.

Capitolul 2: Drumul spre succes

Anii au trecut,iar Mia și-a construit o carieră impresionantă ca antrenoare,fiind respectată și iubită de mulți dintre elevii săi.Își dădea toată energia și experiența pentru a le oferi copiilor nu doar antrenamente,ci și sprijin moral și încredere.Elevii ei o vedeau ca pe o sursă de inspirație,iar unii chiar au ajuns să concureze la nivel național și internațional, purtând cu mândrie lecțiile învățate de la Mia.Într-o zi,Mia a primit un telefon neașteptat de la federatia de gimnastică australiană,care i-a propus să devină antrenoarea principală a echipei naționale de gimnastică.Oferta era incredibilă,dar presupunea și sacrificii mari.Acceptarea rolului ar fi însemnat să petreacă și mai puțin timp acasă,să călătorească constant și să fie mereu sub presiunea performanței.Însă era și o oportunitate de a-și îndeplini visul de a contribui la succesele echipei naționale și de a vedea elevii ei urcând pe podiumuri olimpice.

Mia s-a sfătuit cu Lisa, antrenoarea ei de altădată, care devenise un mentor și un prieten de nădejde. Lisa i-a spus că știe cât de mult și-a dorit acest lucru și că, deși drumul va fi dificil, este o ocazie rară. După multe gânduri și frământări, Mia a decis să accepte provocarea. Și astfel, a început o nouă călătorie, de data aceasta ca lider al echipei naționale. În rolul de antrenoare principală, Mia a întâlnit și ea provocări noi. Avea sub îndrumare tineri cu personalități diferite și cu ambiții uriașe, dar și cu frici, nesiguranțe și emoții de înțeles. Unul dintre acești elevi era un tânăr gimnast, Luke, care avea un talent deosebit, dar și o fire rebelă și o abordare uneori prea impulsivă. Mia a văzut în el o parte din ea însăși, pasiunea nemăsurată și dorința de a reuși, chiar și cu riscul de a ignora limitele. Însă relația lor nu era ușoară. Luke se simțea adesea frustrat de sfaturile ei și îi reproșa că nu înțelege cum e să fii din nou la început. Într-o seară, după un antrenament dificil,

Mia și Luke au avut o discuție aprinsă.Luke i-a spus,plin de furie,că nu are cum să înțeleagă presiunea la care este supus,căci ea are deja succesul ei și nu mai știe cum este să riști totul pentru o șansă unică.Mia s-a simțit rănită,dar a decis să-i povestească lui Luke despre accidentarea care i-a schimbat viața și despre cum a învățat,cu timpul,că succesul nu înseamnă doar să câștigi,ci și să fii capabil să crești,indiferent de obstacole.Această poveste l-a impresionat pe Luke,care a început să o privească pe Mia cu mai mult respect și deschidere.De atunci,relația lor s-a transformat treptat într-o legătură profundă de mentorat și prietenie,iar Mia l-a ajutat să devină nu doar un gimnast de excepție,dar și o persoană mai echilibrată și mai matură.Pe măsură ce se apropiau Jocurile Olimpice,Mia și elevii ei au trecut printr-o perioadă intensă de pregătire,plină de tensiune și sacrificii.Echipa a muncit din greu,iar când ziua competiției a sosit,Mia a fost alături de ei,emoționată și mândră de progresul lor.În timpul competiției,Luke a reușit să impresioneze juriul și publicul cu o rutină perfectă.În fața unui stadion întreg,a adus acasă o medalie de aur,devenind un erou național și confirmând talentul și determinarea pe care Mia le văzuse mereu în el.După competiție,Luke s-a apropiat de Mia și i-a mulțumit,spunându-i că nu ar fi reușit fără sprijinul și îndrumarea ei.Mia s-a simțit mândră și recunoscătoare pentru parcursul lor împreună și a realizat că toate momentele grele,toate sacrificiile și nopțile petrecute gândindu-se cum să fie cea mai bună antrenoare au meritat.

Astfel,Mia a înțeles că a devenit mai mult decât și-ar fi imaginat vreodată:o gimnastă de performanță,un mentor respectat și un simbol al speranței pentru tânăra generație.Privind înapoi,știa că drumul ei fusese presărat cu iubire,trădări,înfrângeri și victorii,dar fiecare moment a contribuit la formarea ei ca persoană.În inima ei,Mia simțea că și-a găsit cu adevărat locul,știind că moștenirea ei va dăinui în elevii ei și în cei care,inspirați de ea,vor urma același drum spre visurile lor.Mia,acum o figură cunoscută și respectată în lumea gimnasticii,devenise un simbol al dedicării și al rezilienței pentru mulți tineri sportivi.Însă,succesul vine adesea cu prețul propriei intimități,iar Mia a început să simtă presiunea așteptărilor din partea publicului,a sponsorilor și chiar a propriei echipe.Dorința de a le oferi elevilor ei toate șansele la succes era intensă,dar începea să o epuizeze emoțional.După Jocurile Olimpice,Mia a decis să își ia o scurtă pauză.A simțit nevoia să se întoarcă în orășelul natal din Australia,unde crescuse și unde pasiunea pentru gimnastică începuse pentru prima dată.Revenirea în oraș a fost ca un balsam pentru sufletul ei.Oamenii o primeau cu brațele deschise,dar se bucurau și să o vadă dincolo de succesul sportiv,ca pe acea copilă curajoasă și plină de vise.Revenită în casa părinților,Mia și-a regăsit momentele de liniște,redescoperind albumul foto vechi de familie,cu fotografii de la primele ei competiții și amintiri frumoase petrecute cu părinții și prietenii.Răsfoind printre poze,a realizat cât de departe a ajuns și cât de mult i-au lipsit anii de copilărie petrecuți cu părinții ei.Tot în aceste zile a regăsit prietenia pierdută cu Claire,care o primise cu bucurie și o invita mereu la discuții lungi în cafeneaua din oraș,aceeași unde obișnuiau să stea în liceu.Timpul petrecut alături de Claire a fost o gură de aer proaspăt;împărtășeau amintiri vechi,râdeau și povesteau despre viață și visuri,și totul părea să curgă într-o armonie perfectă.Însă,în această perioadă de reîntoarcere la origini,Mia a întâlnit și o altă persoană neașteptată,Brian,un antrenor nou venit în oraș,cunoscut pentru metodele lui inovatoare și abordarea lui calmă și înțeleaptă.Brian era un fost gimnast cu o carieră promițătoare,dar care renunțase la performanță din motive personale.Întâlnirea lor a fost spontană,dar au simțit imediat o conexiune profundă.Brian o înțelegea pe Mia într-un mod în care puțini oameni puteau.Îi asculta temerile,îi înțelegea epuizarea și îi oferise sfaturi despre cum să-și echilibreze viața.Curând, relația lor a trecut dincolo de o simplă prietenie,iar Mia a început să simtă sentimente pe care nu le mai trăise de mult.Brian îi aducea calmul de care avea nevoie și îi reamintea să fie prezentă,să trăiască fiecare moment.Alături de el,Mia simțea că poate fi ea însăși,fără presiunea de a fi mereu cea mai bună.Cu toate acestea,pe măsură ce relația lor se adâncea,Mia a început să simtă un conflict interior.Să fie oare această liniște ceea ce își dorea cu adevărat sau doar o evadare temporară de la responsabilitățile sale? Se întreba adesea dacă merită să sacrifice cariera în gimnastică pentru o viață mai simplă și mai fericită.

Cu susținerea lui Brian și a părinților ei,Mia a hotărât să își reia activitatea ca antrenoare la nivel național,dar într-un mod diferit.A refuzat unele dintre cele mai mari oferte și a ales să antreneze într-un centru de juniori, să fie aproape de tinerii sportivi aflați la început de drum, așa cum fusese ea odată.În loc să se concentreze pe presiunea succesului imediat,a ales să formeze o echipă puternică,dar echilibrată emoțional și mental.De-a lungul anilor,Mia și Brian au continuat să fie alături unul de celălalt,susținându-se reciproc și crescând împreună.Brian a devenit mentorul unui grup de copii care aspirau să facă gimnastică,iar cei doi lucrau împreună la organizarea competițiilor și evenimentelor de antrenament pentru echipele din regiune.Astfel,au reușit să transforme gimnastica într-o experiență mai accesibilă și mai plăcută pentru generațiile noi.Mia a rămas în sufletele tuturor ca o figură emblematică,nu doar pentru talentul și performanțele ei,ci și pentru că a arătat lumii că viața unui sportiv poate însemna mai mult decât simpla luptă pentru medalii.Moștenirea ei se reflecta în elevii săi,în echipele pe care le-a antrenat și în toate visurile pe care le-a inspirat.Și,cu fiecare zâmbet și mulțumire pe care le primea de la elevi și părinți,Mia știa că își găsise,în sfârșit, echilibrul.Astfel,Mia și Brian au continuat să inspire generații întregi,nu doar prin performanțele lor,ci și prin povestea lor despre curaj,iubire și puterea de a rămâne adevărat față de tine însuți,chiar și atunci când drumul nu este mereu cel mai ușor.

Capitolul 3: Viața personală și iubirea

Anii au trecut,iar Mia și Brian au devenit un cuplu respectat și iubit în comunitatea gimnasticii.Nu doar pentru abilitățile lor de antrenori,ci și pentru relația lor echilibrată și pentru sprijinul pe care îl ofereau tuturor tinerilor care visau să ajungă mari campioni.Relația lor era construită pe înțelegere și respect reciproc,iar împreună reușeau să creeze un mediu sigur și motivațional pentru elevii lor.Brian,un antrenor carismatic și calm,era mereu alături de Mia,ajutând-o să își păstreze echilibrul între viața profesională și personală.El avea o răbdare rar întâlnită,înțelegând complexitatea lumii gimnasticii și presiunile la care sunt supuși tinerii sportivi.Elevii lui îl priveau ca pe un model,iar în relația cu Mia,acesta aducea o viziune proaspătă și o perspectivă diferită,care o inspira și o completa pe deplin.Împreună,Mia și Brian au lansat un program de mentorat pentru tinerii sportivi din orașele mici din Australia, care aveau acces limitat la antrenori de elită.Scopul lor era să ofere acestei generații de sportivi nu doar tehnici și abilități,ci și o înțelegere a importanței echilibrului și a sănătății mentale în sport.Cei doi au lucrat neobosit pentru a crea o cultură a gimnasticii bazată pe respect,grijă și creștere personală,nu doar pe presiunea de a câștiga medalii.De asemenea, programul lor a inclus sesiuni de consiliere și workshop-uri dedicate părinților sportivilor,unde Mia și Brian au vorbit despre propriile lor experiențe și despre cum presiunile și așteptările pot afecta

psihicul unui tânăr sportiv.În acest fel,Mia simțea că își îndeplinea un scop mai mare decât acela de a antrena gimnaști:oferea comunității sale un sprijin pe termen lung,inspirând familiile să susțină visurile copiilor lor într-un mod sănătos.Într-o zi,Mia și Brian au fost invitați să participe la o ceremonie de premiere organizată de federația națională de gimnastică,unde li s-a oferit o distincție specială pentru contribuția lor remarcabilă în formarea tinerelor talente din Australia.Ceremonia a fost emoționantă,iar când Mia a primit trofeul alături de Brian,simțea că și-a găsit cu adevărat locul în lume.Cu timpul,Mia și Brian au extins proiectul lor de mentorat și în alte orașe din țară,colaborând cu organizații locale pentru a crea centre sportive și spații unde tinerii să poată practica gimnastica și să se dezvolte armonios.Erau o echipă de succes,respectată nu doar pentru reușitele profesionale,ci și pentru devotamentul lor de a schimba în bine viața tinerilor sportivi.Pe măsură ce își dedicau eforturile pentru comunitate și sport,Mia și Brian au realizat că și-au găsit nu doar o carieră,ci și o familie în comunitatea gimnasticii.Împreună,au construit o poveste de dragoste,sacrificiu și dedicare,care inspirase sute de tineri din toată Australia să-și urmeze visurile și să îmbrățișeze provocările vieții cu pasiune și curaj.Și astfel,povestea Miei și a lui Brian a continuat,fiind un testament al iubirii și al devotamentului pentru sport și pentru oameni.Cu fiecare campion antrenat,fiecare zâmbet adus pe chipurile elevilor lor și fiecare familie ajutată,Mia și Brian știau că au lăsat o moștenire de neprețuit,una care va continua să inspire generații întregi,dincolo de medalii și de competiții.Anii au trecut,iar programul de mentorat fondat de Mia și Brian a devenit unul dintre cele mai cunoscute și respectate în Australia.În fiecare an,sute de tineri sportivi se înscriau,dorind să fie pregătiți de cei doi antrenori care nu doar că îi instruiau la nivel tehnic,dar le ofereau și sprijin emoțional și mental.Gimnaști din toată țara veneau să ia parte la sesiunile lor,iar mulți dintre ei continuau să revină an de an pentru a învăța de la Mia și Brian.Poveștile lor deveniseră legendare,iar impactul lor creștea cu fiecare tânăr care își găsea drumul în sport.Însă succesul în creștere al programului a venit și cu noi provocări.Programul atrăgea tot mai multe adenții și sponsorizări,iar Mia și Brian au fost abordați de o organizație mare care voia să investească în extinderea proiectului lor la nivel internațional.Această propunere a fost tentantă,le-ar fi permis să ajute chiar mai mulți copii și să aducă un impact global.

Totuși,ideea de a-și extinde programul în afara Australiei a venit cu o dilemă.Mia și Brian știau că asta ar însemna să călătorească mult și să-și petreacă din ce în ce mai puțin timp cu elevii lor în mod direct,iar ei țineau enorm la legătura personală pe care o aveau cu fiecare dintre acești tineri.Au petrecut nopți întregi discutând și analizând opțiunile.Pe de-o parte,visul de a influența viețile multor tineri la nivel global era tentant,dar,pe de altă parte,se temeau că esența programului lor,conexiunea umană și mentoratul direct,s-ar putea pierde.Brian,cu calmul său caracteristic,a propus să formeze un grup de antrenori dedicați care să implementeze filozofia lor de antrenament și mentorat în alte regiuni,astfel încât impactul să rămână fidel viziunii lor originale.Mia,deși încântată de idee,era încă nesigură.Într-o zi,în timp ce discutau despre planurile lor de viitor,Mia și Brian au primit vizita surpriză a unuia dintre primii lor elevi,Luke,acum un antrenor de gimnastică la rândul lui,după o carieră strălucită ca gimnast.Luke le-a mulțumit pentru tot ce i-au oferit de-a lungul anilor și le-a povestit cum experiența cu Mia și Brian l-a inspirat să devină un mentor empatic și atent pentru elevii săi.Mărturisirea lui Luke a fost emoționantă,iar el le-a spus că nu și-ar fi găsit niciodată curajul și încrederea în sine fără îndrumarea lor.Această vizită i-a făcut pe Mia și Brian să realizeze cât de mare a fost impactul lor,chiar și fără să extindă programul internațional.Poate că nu era neapărat să își răspândească programul fizic în alte țări;spiritul programului lor putea trăi prin elevii lor,care acum deveneau antrenori și mentori în alte colțuri ale țării și ale lumii.Cu această nouă viziune,Mia și Brian au decis să se concentreze pe formarea unor noi generații de antrenori,cărora să le transmită valorile lor și modul lor unic de a lucra cu sportivii.Au început să organizeze workshop-uri speciale și tabere pentru tineri antrenori,în care aceștia învățau nu doar tehnici de gimnastică,dar și cum să fie lideri empatici,care să îmbine disciplina cu înțelegerea emoțională.Programul lor a devenit astfel mai mult decât o academie de gimnastică,a devenit o mișcare națională,un model de antrenorat bazat pe echilibru și respect față de nevoile fiecărui sportiv.Antrenori din toată Australia și din străinătate veneau să învețe de la Mia și Brian,ducând cu ei valorile programului în echipele lor.La rândul lor,Mia și Brian au avut oportunitatea de a crea și mai multe legături cu cei care le erau elevi și acum,la maturitate,formau la rândul lor noi generații de campioni.În mijlocul acestei rețele de profesori și elevi,Mia și Brian simțeau o profundă recunoștință pentru că viziunea lor devenise o mișcare ce inspira nu doar medalii,ci caractere puternice și echilibrate.Anii au trecut,și Mia și Brian au continuat să își dedice viața comunității sportive.Deși impactul lor devenise acum internațional,ei au rămas aceiași mentori apropiați de fiecare dintre elevii lor.Relația lor era mai puternică decât oricând,iar împreună,Mia și Brian au continuat să trăiască în inima sportivilor pe care i-au inspirat,ducând mai departe moștenirea lor.Astfel,povestea lor nu s-a sfârșit niciodată cu adevărat.Fiecare zâmbet,fiecare medalie și fiecare elev devenit antrenor a fost o dovadă vie a impactului lor,a unei iubiri și a unei pasiuni care au transcens limitele timpului.Povestea lor a devenit o legendă a gimnasticii australiene și un simbol al puterii iubirii și dedicării față de un ideal.

Capitolul 4: Echipa de gimnastică Americană

După mulți ani dedicați gimnasticii în Australia,Mia a primit o ofertă de antrenorat de la un centru de excelență dintr-un oraș mare din America de Nord.Propunerea era o recunoaștere a reputației sale internaționale și o oportunitate rară de a lucra cu sportivi care aspirau la performanță la nivel mondial.Deși însemna să lase în urmă tot ce clădise alături de Brian în Australia,ceva în interiorul ei o atrăgea spre această nouă aventură.Brian a înțeles imediat cât de importantă era această oportunitate pentru Mia.
-Dacă vrei să pleci,sunt aici pentru tine,i-a spus el,încurajând-o cu un zâmbet blând.
-Ești pregătită pentru asta.Știu că vei străluci oriunde vei merge.Deși decizia a fost una dificilă,Mia și-a dat seama că această schimbare era o parte esențială a creșterii ei.Totodată,știa că încrederea și susținerea lui Brian erau de neprețuit.După discuții lungi și pregătiri amănunțite,Mia a acceptat oferta,hotărâtă să facă tot posibilul pentru a contribui la formarea noii generații de sportivi,chiar dacă asta însemna o viață nouă într-o țară străină.

La despărțire,Mia și Brian au promis că își vor sprijini visurile unul altuia,chiar și de la distanță.Înainte de plecare,Brian i-a dăruit o amuletă de argint,gravată cu un mesaj simplu,dar profund: "Fii lumina și inspirația de care au nevoie."În timp ce avionul decola,Mia privea Australia rămânând în urmă,simțindu-se împărțită între trecutul ei și viitorul necunoscut.La sosirea în America de Nord,Mia a fost întâmpinată de o echipă entuziastă de gimnaști tineri și de personal dedicat care abia aștepta să învețe de la ea.Prima ei zi la centrul de excelență a fost plină de emoții și nervozitate,dar,pe măsură ce a început să interacționeze cu noii săi elevi,a simțit aceeași pasiune arzătoare pentru gimnastică revenind.Le-a povestit despre experiențele ei din Australia,despre modul în care pasiunea și disciplina pot modela caracterul unui sportiv,nu doar performanțele.Mia a implementat în noul centru metodele și valorile pe care le dezvoltase alături de Brian în Australia.A organizat sesiuni de mentorat și sesiuni de consiliere, concentrându-se nu doar pe pregătirea fizică,ci și pe sănătatea mentală a gimnaștilor.La început,unii dintre elevii și colegii săi au fost surprinși de abordarea ei holistică,care depășea strict tehnica sportivă.Dar,cu timpul,mulți au înțeles cât de importantă era această abordare și cât de mult conta pentru dezvoltarea echilibrată a sportivilor.Însă,provocările nu au întârziat să apară.Sistemul de antrenament din centrul american era diferit față de cel din Australia,iar presiunea pentru rezultate rapide era uriașă.Mulți sponsori și directori își doreau să vadă medalii și performanțe imediate,iar pentru Mia,acest lucru a fost un șoc.Ea încerca să le explice importanța pregătirii pe termen lung și a echilibrului emoțional,dar nu toți erau deschiși la această viziune.În acele momente dificile,Mia a păstrat legătura cu Brian prin apeluri telefonice și El o încuraja și îi amintea mereu să aibă încredere în metodele ei și să nu renunțe la principiile care o făcuseră un antrenor de succes.Susținerea lui era o ancoră pentru ea în mijlocul provocărilor,iar cu fiecare discuție,Mia simțea că nu este singură.În timp, elevii au început să simtă diferența.Când au văzut că Mia nu era doar un antrenor care le cerea să performeze,ci și o persoană care le asculta temerile și îi învăța să-și gestioneze emoțiile,și-au deschis inima către ea.Treptat,rezultatele au început să apară.Elevii nu doar că au devenit mai buni în gimnastică,dar erau mai încrezători și mai echilibrați.

Mia a reușit să creeze un mic nucleu de sportivi devotați care împărtășeau valorile ei.Într-o zi,Mia a primit o scrisoare de la unul dintre primii ei elevi americani,o fată pe nume Lily,care i-a scris despre cum antrenamentele alături de ea i-au schimbat viața.În scrisoare,Lily i-a spus că,înainte de a o întâlni,nu credea că ar fi capabilă să continue în gimnastică din cauza presiunii,dar datorită Miei și a grijii sale,și-a redescoperit pasiunea și încrederea în sine.Acea scrisoare a fost,pentru Mia,un moment de revelație și de liniște,și-a dat seama că făcuse alegerea corectă venind aici.După câteva luni,Mia a primit o vizită neașteptată.Brian,care simțise cât de dor îi era Miei de el și de viața lor împreună,s-a hotărât să facă o surpriză și a venit în America pentru a o vizita.Revederea a fost emoționantă,iar cei doi au petrecut zile pline de amintiri și visuri despre viitorul lor.Brian i-a povestit cum programul lor din Australia continuă să prospere,iar Mia a simțit că,în ciuda distanței,legătura lor era la fel de puternică.Această vizită i-a dat forța și inspirația să continue.Mia știa că avea încă mult de lucru în America, dar,în adâncul inimii,simțea că într-o zi va reveni în Australia,pentru a relua ceea ce construiseră împreună.Astfel, Mia și-a continuat misiunea,iar Brian i-a fost alături,fie prin mesaje,fie prin vizite ocazionale,rămânând cel mai de preț sprijin al ei.Lumea gimnasticii din America a fost îmbogățită de prezența ei,iar Mia și Brian,deși la mii de kilometri distanță,au rămas mereu uniți de aceeași pasiune și de dragostea lor neclintită

La câțiva ani după ce Mia a început să antreneze în America de Nord,ea devenise o figură centrală în gimnastica locală.Metodele ei unice și abordarea plină de compasiune au transformat centrul de excelență într-un loc respectat și dorit de sportivi din toate colțurile țării.Mulți dintre acești gimnaști au devenit concurenți de top la nivel național și internațional,aducând recunoaștere programului și metodei inovatoare pe care Mia o adusese din Australia.Însă,succesul și noua ei viață veneau cu o greutate în plus.Deși își găsise un loc și împlinire în America,Mia simțea dorul casei și,mai ales,al lui Brian,cu o intensitate crescândă.În rarele ocazii când Brian reușea să vină în vizită,acele momente erau speciale și de neprețuit,dar,în ultima vreme,distanța dintre ei părea din ce în ce mai greu de suportat.După una dintre vizitele lui Brian,Mia a realizat cât de mult îi lipsea să împartă fiecare succes și provocare zilnică cu el,așa cum făcuseră înainte.Deși Brian era mereu prezent prin mesajele și apelurile lor,Mia simțea că ceva esențial lipsea în viața ei.Cu timpul,începea să se întrebe dacă merită să continue această aventură americană sau dacă ar trebui să se întoarcă acasă,unde își construise o viață alături de omul pe care îl iubea.Într-o noapte,după o zi obositoare la centru,Mia a primit un telefon de la Brian.Vocea lui era caldă și calmă,dar Mia simțea că există o neliniște pe fundal.După ce au discutat despre ziua fiecăruia,Brian i-a spus:
-Mia,mi-e dor de tine... mai mult decât mi-am imaginat vreodată că o să-mi fie.

Acea mărturisire a deschis o discuție sinceră între ei.Brian i-a spus că,deși înțelege și apreciază munca pe care o face în America,el simte că timpul lor împreună este prea prețios pentru a fi împărțit pe ani de zile.Mia a rămas tăcută o clipă,realizând că și ea simțea același lucru,dar nu îndrăznise să îl mărturisească.
-Brian,și mie mi-e dor de tine,i-a răspuns ea cu vocea tremurândă.
-Am avut ocazia să trăiesc un vis aici,dar poate că visul meu adevărat este să fiu alături de tine,să continuăm ceea ce am început împreună în Australia.Au discutat ore întregi despre ce însemna această posibilă schimbare.Deși Mia știa că își va dezamăgi elevii și echipa de aici,a simțit că locul ei era alături de Brian.A doua zi,Mia și-a luat inima în dinți și a mers la conducerea centrului pentru a discuta despre întoarcerea în Australia.A fost o discuție emoționantă,dar conducerea a înțeles motivația ei și i-a oferit sprijinul necesar pentru a lăsa proiectul american în mâinile unui succesor ales chiar de ea.În ultimele săptămâni în America,Mia a petrecut timp cu fiecare dintre elevii săi,explicându-le cu delicatețe decizia și asigurându-i că va rămâne mereu o parte din viețile lor,chiar și de la distanță.Mulți dintre ei erau întristați,dar și recunoscători pentru tot ce au învățat de la ea.Înainte de plecare,Mia a primit cadouri și mesaje emoționante de la gimnaștii și colegii ei,care i-au mulțumit pentru impactul pe care l-a avut asupra lor.Cu bagajele făcute și cu inima plină de emoții,Mia s-a urcat în avion,gândindu-se la noul început care o aștepta acasă,în Australia.Când a aterizat,

Brian era acolo,așteptând-o cu un buchet de flori și un zâmbet larg.Întâlnirea lor a fost una plină de emoție,iar Mia simțea că,în sfârșit,inima ei era din nou întreagă.Revenirea Miei în Australia a fost un moment de sărbătoare și pentru comunitatea gimnasticii locale.Ea și Brian au reluat munca la centrul lor,dar de data aceasta cu o viziune reînnoită.Împreună, au decis să extindă proiectul într-un mod care să ofere tinerilor gimnaști șansa de a se antrena pe plan internațional,colaborând cu centre din America și din alte țări,pentru a le oferi elevilor oportunități globale.Anii următori au fost unele dintre cele mai frumoase din viața lor.Mia și Brian au creat un centru de excelență care devenise nu doar un loc de antrenament,ci și un spațiu în care fiecare tânăr se simțea inspirat și împuternicit.Ei au continuat să colaboreze cu foștii colegi din America,organizând schimburi de experiență și competiții internaționale care aduceau împreună gimnaști din toată lumea.Relația lor a crescut și mai puternică,iar Mia a simțit că,în sfârșit,și-a găsit locul,nu într-un oraș anume sau într-o carieră,ci alături de omul cu care împărtășea toate valorile și visele.Împreună,au continuat să inspire generații,să creeze campioni și să construiască legături puternice între sportivi și antrenori din întreaga lume.Povestea lor a devenit una de iubire,sacrificiu și reîntoarcere acasă,demonstrând că adevăratul succes nu stă în distanța parcursă,ci în locul în care inima te cheamă.

Capitolul 5: Trădări și sacrificii

Câțiva ani mai târziu,povestea lui Brian și Mia a luat o nouă întorsătură neașteptată.Centrul lor de excelență din Australia câștigase renume internațional,și nu doar pentru performanțele sportivilor,ci și pentru filosofia lor unică,ce îmbina pregătirea fizică intensă cu sprijinul emoțional și dezvoltarea personală.Din această cauză,Brian și Mia au fost invitați să devină antrenorii lotului național de gimnastică al Columbiei,o țară care căuta o revigorare a sportului și visa la un loc pe podiumul Jocurilor Olimpice.Oferta era copleșitoare:Columbia le promitea tot sprijinul necesar,condiții excelente de antrenament,o echipă dedicată și resurse nelimitate pentru a construi o echipă de top.Visul de a duce echipa de gimnastică columbiană la Jocurile Olimpice,ba chiar și posibilitatea unei medalii,era un proiect ambițios și greu de refuzat.După multe discuții,Brian și Mia au hotărât să accepte această provocare, văzând în ea o oportunitate incredibilă de a-și pune amprenta pe scena internațională.A fost greu să își lase centrul din Australia în urmă,dar l-au încredințat unor antrenori în care aveau încredere,continuând să urmărească de la distanță evoluția sportivilor lor.Când au ajuns în Columbia,au fost primiți cu multă căldură de oficialii locali și de echipa tehnică.Clădirea dedicată antrenamentelor era modernizată și dotată cu echipamente de ultimă generație,iar gimnaștii erau foarte entuziasmați de venirea lor.Tinerii atleți îi așteptau cu speranța că acești antrenori de renume internațional îi vor conduce spre podiumul

olimpic.Încă din primele zile,Brian și Mia au observat că lotul columbian avea un potențial uriaș,însă îi lipsea consistența și pregătirea mentală necesară pentru a rezista presiunii competițiilor internaționale.Mai mult,mulți dintre sportivi veneau din medii dificile,ceea ce făcea munca de antrenorat mai complexă.Deși aveau talent,mulți dintre ei nu aveau încredere deplină în abilitățile lor,fiind copleșiți de propriile frici și nesiguranțe.Mia și Brian au decis să implementeze abordarea lor holistă,învățată și perfecționată de-a lungul anilor.Și-au început munca concentrându-se nu doar pe aspectele tehnice,ci și pe dezvoltarea personală și mentală a sportivilor.Au organizat sesiuni de antrenament structurate,dar și întâlniri de grup în care fiecare gimnast era încurajat să-și împărtășească visurile,temerile și motivațiile.Brian a adus la centrul de antrenament și un psiholog sportiv pentru a-i ajuta să își depășească nesiguranțele,iar Mia le-a oferit sesiuni de mentorat personalizat.Sportivii columbieni au fost surprinși de abordarea lor diferită.La început,unii erau sceptici,obișnuiți doar cu pregătirea fizică intensă,dar în curând au început să simtă o schimbare.Antrenamentele dure erau echilibrate cu sesiuni de relaxare și exerciții de vizualizare,iar încrederea în sine și unitatea echipei au început să crească.În timpul primelor competiții internaționale,echipa Columbiei a arătat o transformare impresionantă.Începuseră să arate mai mult decât talent,aveau determinare,disciplină și,mai ales,o forță mentală care îi făcea să nu se lase copleșiți de emoții.Au avut câteva performanțe remarcabile și au reușit să urce pe podium în competiții regionale,lucru care le-a dat curaj și i-a făcut să viseze din ce în ce mai mult la Jocurile Olimpice.Brian și Mia au lucrat neobosit alături de echipă,pregătindu-i pe fiecare sportiv pentru provocările uriașe care îi așteptau.Tinerii gimnaști s-au apropiat foarte mult de cei doi antrenori,pe care îi considerau nu doar mentori,ci și prieteni.Datorită sprijinului lor constant,echipa a devenit o familie,iar asta se vedea și în performanțele lor.Cu toate acestea,drumul nu a fost lipsit de provocări.În apropierea competițiilor pre-olimpice,au început să apară accidentări și tensiuni între unii dintre sportivi,care erau stresați de presiunea enormă.Într-o noapte,unul dintre cei mai promițători gimnaști,Alejandro,a venit la Mia și i-a spus că nu crede că va putea face față presiunii.Îi era teamă de eșec și simțea că așteptările echipei și ale întregii țări apăsau prea greu pe umerii lui.Mia a stat de vorbă cu el ore întregi,ascultându-l și oferindu-i sprijin.I-a reamintit că gimnastica nu este doar despre performanțe,ci și despre pasiune și iubire pentru sport.I-a povestit despre momentele ei de cumpănă, despre cum a simțit și ea frica de eșec de-a lungul carierei sale, și l-a încurajat să-și regăsească bucuria și curajul. Această discuție a avut un impact profund asupra lui Alejandro,iar el a revenit la antrenamente mai hotărât ca niciodată.După luni de antrenamente intense,echipa Columbiei a reușit să se califice pentru Jocurile Olimpice.A fost un moment istoric pentru toți,iar țara întreagă era mândră de ei.Brian și Mia erau impresionați de progresul sportivilor lor și de maturitatea pe care o arătau în fața unei astfel de provocări.Pentru mulți dintre gimnaști,calificarea la Jocurile Olimpice era împlinirea unui vis din copilărie.Când au ajuns la Jocurile Olimpice,Mia și Brian au fost alături de ei la fiecare pas.I-au sprijinit în timpul antrenamentelor,le-au fost aproape în momentele de îndoială și au sărbătorit fiecare succes împreună.Deși competiția era acerbă,iar concurenții erau unii dintre cei mai buni din lume,echipa Columbiei s-a ridicat la înălțimea așteptărilor,demonstrând determinare și curaj.În final,Alejandro a reușit să obțină o medalie de bronz pentru Columbia,devenind un erou național și un simbol al speranței și curajului.Întreaga echipă a avut performanțe extraordinare,iar participarea lor a inspirat o generație întreagă de tineri sportivi columbieni.Brian și Mia au fost celebrați nu doar ca antrenori de succes,ci și ca persoane care au adus o schimbare profundă în viețile sportivilor lor.După Jocurile

Olimpice,Brian și Mia s-au întors în Columbia pentru a sărbători alături de echipă.Însă,după multe gânduri și discuții,au decis că este timpul să se întoarcă acasă,în Australia.Misiunea lor în Columbia fusese o provocare pe care o acceptaseră cu inima deschisă,dar simțeau că locul lor era tot în Australia,unde îi așteptau familia și prietenii.Înainte de plecare,au avut o ultimă întâlnire emoționantă cu echipa columbiană,în care le-au promis că vor rămâne mereu aproape de ei,chiar și de la distanță.Brian și Mia au plecat din Columbia cu sufletele pline de recunoștință,știind că au lăsat în urmă o moștenire durabilă și o echipă care avea să continue să strălucească.Echipa columbiană de gimnastică,având ca antrenori pe Brian și Mia,și-a continuat pregătirea intensă cu un scop ambițios:să câștige o medalie olimpică de aur la următoarele Jocuri Olimpice,care urmau să aibă loc chiar în capitala Columbiei,Bogotá,peste patru ani.Visul de a concura pe teren propriu era o motivație puternică pentru toți sportivii.Echipa era formată din cinci fete și cinci băieți,fiecare dintre ei având propria poveste,propriile ambiții și determinare.

Echipa feminină
Camila - lidera grupului,o gimnastă agilă și disciplinată,specializată pe bârnă.
Isabela - o sportivă cu o personalitate caldă și optimistă,dar extrem de concentrată pe sol.
Luciana - o forță calmă,excelând la paralele.

Sofia - cu o eleganță naturală,talentată la sol,cunoscută pentru dansurile sale captivante.
Valentina - o tânără înzestrată cu o putere uimitoare,excelând la sărituri.

Echipa masculină

Alejandro - un gimnast puternic și determinat,specializat în inele.
Felipe - agil și rapid,specializat la sărituri.
Manuel - tăcut și calm, foarte priceput la sol.
Carlos - curajos și creativ,specializat la paralele.
Diego - cu o tehnică impecabilă la bara fixă.

Planul de antrenament

În cei patru ani până la Jocurile Olimpice,Brian și Mia au creat un program de antrenament extrem de riguros și personalizat pentru fiecare sportiv.Obiectivul lor era să dezvolte aptitudinile fiecăruia și să-i ajute să evolueze,atât fizic,cât și mental,astfel încât cel puțin unul dintre ei să poată câștiga aurul olimpic.

Programul includea:

Antrenamente zilnice de forță,mobilitate și rezistență fizică,cu exerciții intense de gimnastică și cardio.
Pregătire tehnică specifică pentru fiecare aparat,cu sesiuni individualizate și evaluări periodice.
Sesiuni de vizualizare și pregătire mentală alături de un psiholog sportiv,pentru a întări încrederea și concentrarea.
Exerciții de relaxare și meditație,pentru a-i ajuta să-și găsească echilibrul interior și să facă față presiunii.

Concursuri și antrenamente simulatoare ale unor competiții mari,pentru a le exersa abilitatea de a rămâne concentrați sub stres.Viața lor s-a schimbat complet.Fiecare dimineață începea cu încălziri și exerciții de flexibilitate,urmate de sesiuni intense de lucru pe aparate.În timpul acestor antrenamente,atât bucuriile,cât și greutățile erau mereu prezente.Camila trecea prin multe ore de exersare a echilibrului și a mișcărilor precise pe bârnă,ceea ce o obosea mental,dar cu sprijinul Miei,Și-a menținut motivația ridicată.Alejandro avea momente în care era atât de epuizat de la inele,încât simțea că nu mai poate continua.Cu toate acestea, îl motiva gândul că un aur olimpic ar însemna o victorie personală și o realizare pentru țara sa.Accidentările au fost și ele o parte inevitabilă a drumului.La un moment dat,Felipe s-a accidentat la gleznă în timpul unui antrenament la sărituri.A fost un moment critic pentru el și pentru întreaga echipă,dar Brian și Mia l-au sprijinit,asigurându-se că el primește îngrijiri medicale și un plan de recuperare personalizat.Deși a fost nevoit să stea pe margine câteva săptămâni,Felipe s-a întors mai hotărât decât oricând,inspirându-i și pe ceilalți cu determinarea lui.În mijlocul antrenamentelor intense,echipa a avut parte și de momente memorabile care i-au apropiat și mai mult.În fiecare lună,Brian și Mia organizau seri de distracție pentru echipă,unde gimnaștii se relaxau,discutau,și își împărtășeau povești personale.Aceste momente au contribuit la legătura lor ca echipă și la încrederea pe care o aveau unul în celălalt.Deveniseră o familie,își cunoșteau pasiunile,fricile și dorințele,iar sprijinul reciproc îi făcea mai puternici.Luciana devenise sufletul echipei,glumind și aducând energie pozitivă la fiecare întâlnire.În același timp,Sofia le spunea colegilor povești despre tradițiile columbiene și despre mândria de a reprezenta țara lor.Aceste întâlniri îi ajutau să-și amintească de ce erau acolo și de ce merită să muncească din greu.După doi ani de muncă asiduă,echipa începuse să fie remarcată la competițiile internaționale,câștigând medalii de argint și bronz și,treptat,urcând în clasamente.Performanțele lor nu mai treceau neobservate,iar presa columbiană începuse să-i numească „Generația de aur".Brian și Mia le aminteau constant că succesul nu se măsoară doar în medalii,ci și în dedicare și curaj.Echipa știa că mai aveau mult de muncă,dar viziunile lor erau acum mai clare.În fiecare an,stabiliseră câte un obiectiv major,de la câștigarea unei competiții importante până la perfecționarea unor elemente specifice.Alejandro visa să devină campion olimpic la inele,iar Camila spera să obțină aurul la bârnă.Aceste obiective personale îi împingeau să lucreze din greu,dar și să se susțină unul pe altul.Dacă unul dintre ei reușea,întreaga echipă simțea că a câștigat.În ultimul an de antrenament,toți zece erau într-o formă extraordinară.Fiecare dintre ei devenise un exemplu de forță și de reziliență.Programul lor zilnic ajunsese la intensitate maximă,iar sprijinul emoțional oferit de Brian și Mia era la fel de important ca antrenamentele fizice.Deși presiunea era mare,echipa reușise să își mențină optimismul și încrederea.Cu câteva luni înainte de Jocuri,echipa s-a reunit într-o sesiune specială,unde au discutat despre obiectivul lor colectiv,să aducă o medalie de aur pentru Columbia.Era un vis ce părea posibil acum.Brian și Mia le-au spus că,indiferent de rezultatul final,călătoria pe care o făcuseră împreună și experiența acumulată erau lucrurile care contau cu adevărat.Când au sosit în Bogotá pentru Jocurile Olimpice,atmosfera era electrizantă.Competiția a fost intensă,dar echipa columbiană a strălucit.Gimnaștii au executat rutine impecabile,iar spectatorii locali i-au susținut cu pasiune.În momentul decisiv,Alejandro și Camila au avut performanțe excepționale,culminând cu momentul de aur la inele pentru Alejandro și o medalie de argint pentru Camila la bârnă.Când Alejandro a urcat pe podium și și-a pus medalia de aur la gât,sala a explodat de aplauze.Brian și Mia,care priveau de pe margine,erau mândri până la lacrimi.Visul lor,și al întregii echipe,se împlinise.Prin munca lor,ei demonstraseră că,prin dedicare, curaj și iubire,poți cuceri lumea,și că în spatele fiecărei medalii se află nu doar talentul,ci și povestea unei echipe care a crezut mereu în puterea visului său.

Capitolul 6: Nașterea unui vis: Oliver

După triumful lor la Jocurile Olimpice de la Bogotá,echipa columbiană de gimnastică și-a câștigat respectul și admirația întregii lumi.Alejandro,cu medalia de aur la gât,devenise un simbol național,iar Camila,cu argintul ei strălucitor,era un model de inspirație pentru generația tânără.Brian și Mia erau considerați eroi ai sportului columbian,antrenorii care au transformat o echipă obișnuită într-o forță de temut.După Jocurile Olimpice,au urmat invitații pentru competiții internaționale,sponsorizări și chiar oferte de a preda gimnastică în academii de prestigiu din întreaga lume.Mulți sportivi din echipă au fost invitați să participe la diferite evenimente și reclame,iar faima lor a adus noi oportunități pentru întreaga echipă.Dar succesul a venit cu prețul său.După luni de evenimente și ceremonii,presiunea a început să-i copleșească pe unii dintre sportivi.Camila,deși era recunoscută și adorată de toți,simțea că îi lipsea viața simplă pe care o avea înainte.Văzând-o copleșită,Mia a luat-o deoparte într-o zi și au discutat despre nevoia de echilibru în viață și despre importanța unei pauze.
-Uneori,drumul spre vârf e mai greu decât pare,i-a spus Mia.Dar trebuie să învățăm să ne bucurăm de ceea ce am realizat fără să uităm cine suntem cu adevărat.Alejandro,în schimb,se simțea inspirat să continue antrenamentele la un nivel mai înalt.Visa să participe la următoarea ediție a Jocurilor Olimpice și să își apere titlul.Împreună cu Brian,a creat un plan de antrenament care îl împingea la limite,dar entuziasmul său nu era împărtășit de toți colegii.

În timp ce Alejandro și câțiva alți sportivi doreau să continue antrenamentele,unii dintre colegii lor,precum Felipe și Isabela,simțeau nevoia să exploreze alte oportunități.Isabela,cu talentul său în dans și pasiunea pentru spectacole,a fost invitată să participe la un show internațional de dans.A acceptat oferta,deși știa că asta însemna să plece din echipa care îi fusese familie.Pe de altă parte,Felipe a decis să se întoarcă în orașul său natal și să se implice în antrenamentele cu copiii din comunitatea sa.El simțea că experiența sa putea inspira și educa viitoarea generație de gimnaști.Această despărțire a fost dureroasă pentru echipă,dar fiecare dintre ei știa că trebuie să își urmeze drumul.La o ultimă întâlnire de echipă,au rememorat amintirile frumoase din anii de pregătire și și-au promis că,indiferent de viitorul fiecăruia,vor rămâne mereu o familie.Brian și Mia,conștienți de schimbările care aveau loc,au decis să își redefinească propriile obiective.Așa că,în loc să se oprească la succesul columbian,au început să viseze la un proiect mai mare:Academia de Gimnastică „Vis de Aur",un loc unde să pregătească nu doar campioni,ci și oameni care să îndrăznească să viseze și să-și urmeze chemarea.Academia urma să fie deschisă într-o zonă rurală a Columbiei,unde gimnastica nu fusese până atunci accesibilă tinerilor.Brian și Mia au muncit din greu să atragă sponsorizări și donații pentru acest proiect.Faima lor și succesul Jocurilor Olimpice le-au adus sprijin din partea mai multor organizații sportive internaționale.

Cu timpul, Academia „Vis de Aur" a devenit o instituție renumită în Columbia,unde copiii din comunități defavorizate aveau acces gratuit la antrenamente și la educație.Brian și Mia s-au dedicat complet pregătirii acestor tineri gimnaști,ajutându-i să înțeleagă că sportul înseamnă mult mai mult decât medalii,este despre perseverență,camaraderie și autocunoaștere.Printre copiii care veneau la academie,Brian și Mia au remarcat doi tineri extrem de talentați:Mateo și Ana,amândoi cu o dorință arzătoare de a se autodepăși.Cei doi își doreau să devină următorii campioni olimpici ai Columbiei și au început un program intens de pregătire.Brian și Mia au văzut în ei o nouă speranță pentru visul de aur.Pe măsură ce timpul trecea,Mateo și Ana au evoluat enorm.Determinarea și pasiunea lor aminteau de vechea echipă a lui Brian și Mia.Ei deveniseră simboluri ale speranței pentru comunitățile lor,inspirând sute de alți copii să le urmeze exemplul.Într-o zi,Alejandro,acum gimnast cu renume mondial,a vizitat academia,aducând cu el medalia de aur de la Jocurile Olimpice.Întâlnirea dintre el și noii tineri gimnaști a fost emoționantă,iar Alejandro a ținut un discurs despre importanța disciplinei și a viselor.A împărtășit lecțiile pe care le-a învățat de la Brian și Mia și i-a îndemnat pe tineri să nu renunțe niciodată.
-Aurul pe care îl purtăm nu e doar pentru noi,a spus Alejandro.
-Este pentru țara noastră, pentru voi și pentru toți cei care vor să vadă Columbia strălucind pe scena mondială.

Brian și Mia priveau cu mândrie la ceea ce construiseră.Academia lor nu era doar un loc de antrenament,ci devenise un simbol al speranței și al schimbării.Ceea ce începuse ca un vis olimpic se transformase într-o moștenire de inspirație pentru generațiile viitoare.La final,Brian și Mia știau că au realizat mai mult decât să creeze campioni:au schimbat vieți și au deschis drumul pentru sute de copii care,altfel, nu ar fi avut ocazia să-și urmeze visurile.Academia „Vis de Aur" a devenit un loc plin de speranță,unde copiii veneau să-și descopere abilitățile și să viseze la un viitor mai bun.De-a lungul anilor,numele lui Brian și Mia a devenit sinonim cu perseverența și dedicarea,iar succesul lor a continuat să atragă atenția.Aducerea gimnasticii în zonele rurale ale Columbiei a avut un impact imens asupra comunității,iar elevii lor au început să participe la competiții internaționale,obținând medalii și aducând mândrie țării.Mateo și Ana au continuat să evolueze,devenind liderii unei noi generații de gimnaști.Alături de ei,alți tineri promițători,precum Clara,Esteban,Juliana și Rafael, și-au dezvoltat abilitățile și și-au conturat propriile vise.Fiecare dintre ei aducea ceva unic în echipă,Clara era o maestră a echilibrului pe bârnă,Esteban excela la inele,Juliana era cunoscută pentru grația la sol,iar Rafael impresiona la paralele.Brian și Mia știau că acest grup avea potențialul de a reprezenta Columbia la următoarele Jocuri Olimpice.Cu fiecare antrenament,îi pregăteau atât fizic,cât și mental pentru marea competiție.Pregătirea era intensă și adesea epuizantă.

Zilele începeau devreme și se încheiau târziu,iar sacrificiile deveneau din ce în ce mai mari.Tinerii gimnaști și-au pus viețile personale pe pauză,iar Brian și Mia le-au fost alături în momentele grele,ajutându-i să rămână concentrați.Fiecare accidentare,fiecare cădere și fiecare eșec erau văzute ca lecții,iar cei doi antrenori erau acolo să-i ridice și să-i încurajeze.Într-o zi,Ana a suferit o accidentare serioasă la genunchi,un moment critic care amenința să-i întrerupă visul olimpic.A fost un moment greu pentru echipă,iar Ana era devastată.Brian și Mia i-au fost alături în fiecare zi de recuperare,iar colegii săi i-au transmis sprijinul lor necondiționat.Determinarea Anei a inspirat întreaga echipă,iar după luni de recuperare,ea s-a întors pe saltea,mai puternică și mai hotărâtă ca niciodată.Cu doar câteva luni înainte de Jocurile Olimpice,Academia „Vis de Aur" era într-o forfotă de activitate.Antrenamentele s-au intensificat,iar gimnaștii au petrecut ore în șir perfecționându-și fiecare mișcare.Brian și Mia le aminteau constant că fiecare detaliu conta.Au participat la simulări de competiții,au lucrat la coregrafii noi și au învățat să se concentreze sub presiune.Mateo,care excela la sărituri,avea momente în care se îndoia de abilitatea sa de a atinge perfecțiunea.Brian l-a luat deoparte și i-a spus:
-Mateo,nu trebuie să fii perfect.Trebuie doar să fii cea mai bună versiune a ta în acel moment.Dacă îți urmezi inima și dai tot ce ai,vei reuși să strălucești.Cu aceste cuvinte,Mateo și-a găsit încrederea și și-a continuat pregătirea,

știind că fiecare pas îl apropie de visul său.Când au ajuns în capitala Japoniei pentru Jocurile Olimpice,echipa columbiană era pregătită. Atmosfera era electrizantă,iar emoțiile erau la cote maxime.Mateo,Ana,Clara,Esteban,Juliana și Rafael au intrat pe covorul olimpic cu încredere și mândrie.În timpul competițiilor,fiecare dintre ei a dat tot ce a avut mai bun.Ana a reușit un exercițiu impecabil la sol,impresionând juriul și publicul.Mateo a executat o săritură perfectă,câștigând aplauze și admiratori.Clara și-a stăpânit emoțiile pe bârnă și a obținut un scor înalt,iar Esteban a dominat inelele,cu forța și grația sa inconfundabilă.În final,Columbia a obținut medalia de aur la inele prin Esteban și o medalie de argint la sol prin Ana.Lacrimi de bucurie curgeau pe fețele gimnaștilor,iar Brian și Mia i-au îmbrățișat cu mândrie.Pentru ei, acești tineri erau dovada vie a puterii visului de aur.La întoarcerea în Columbia,întreaga țară i-a întâmpinat ca pe eroi.Academia „Vis de Aur" era acum mai mult decât o școală de gimnastică;devenise un simbol al curajului,al muncii și al speranței.Victoria lor a inspirat mii de copii din toată Columbia să creadă că și ei pot deveni campioni.Brian și Mia au știut că munca lor era departe de a se fi încheiat.Au început să plănuiască extinderea academiei și chiar să deschidă filiale în alte regiuni ale Columbiei.Pentru ei,succesul nu se măsura doar în medalii,ci în fiecare copil care intra în academie și învăța să viseze și să muncească pentru acel vis.Anii au trecut,iar Academia „Vis de Aur" a continuat să crească și să formeze campioni.Brian și Mia au devenit mentori și mentori pentru noi antrenori,care,la rândul lor,urmau să ducă mai departe tradiția academiei.Mateo și Ana au rămas implicați în academie,oferindu-și experiența și sfaturile celor mai tineri.Ei știau ce înseamnă să muncești din greu și să treci prin provocări,iar povestea lor a inspirat generații întregi.Astfel,visul lui Brian și al Miei s-a transformat într-o mișcare națională,un far de lumină pentru toți cei care îndrăzneau să-și imagineze un viitor mai bun prin sport.

„Vis de Aur" nu era doar un loc;devenise o familie,o comunitate și o moștenire care avea să dăinuie mult timp după ei.În final,visul lor nu a fost doar despre o medalie de aur.A fost despre transformarea vieților,despre puterea de a inspira și de a arăta lumii că, atunci când crezi în tine și muncești din greu,orice este posibil.În sfârșit,Mia și Brian au decis să se întoarcă acasă,în Australia,după ani în care și-au dedicat viața altor oameni și visurilor lor.Bogățiți de experiențele pe care le-au trăit,de triumfuri și provocări,simțeau că era timpul să se întoarcă la originile lor și să-și creeze propria familie.S-au stabilit într-o casă liniștită,aproape de ocean,unde zgomotul valurilor se amesteca cu vântul care dansa printre copaci.Atmosfera era caldă și primitoare,iar seara cobora încet,învăluindu-i într-un calm senin.În acea noapte,lumina lunii se strecura prin ferestrele dormitorului lor,dându-le un sentiment de intimitate și liniște.Cu un zâmbet blând,Brian a luat-o de mână pe Mia,ghidând-o spre fereastră.Au privit împreună întinderea nesfârșită a oceanului,discutând despre cât de mult își doreau un copil,un nou început pe care să-l trăiască împreună,ca o extensie a iubirii și visurilor lor comune.Mia simțea că întreaga lor călătorie îi adusese aici,la acest moment de completare.Cu emoție și afecțiune,s-a apropiat de Brian,și-a lăsat capul pe pieptul lui și și-a închis ochii.El i-a mângâiat ușor părul,coborând apoi cu atingeri fine pe brațul ei.Între ei se simțea o tandrețe profundă,în care fiecare își găsea bucuria și confortul.Cu o dorință tăcută,Brian i-a ridicat ușor bărbia,privindu-o în ochi și lăsând să se așeze o tăcere care spunea mai mult decât orice cuvinte.Au petrecut întreaga noapte împreună,în îmbrățișări calde și gesturi pline de dragoste,simțind că fiecare atingere le apropia și mai mult visul de a avea un copil.După acea noapte plină de afecțiune și dorință,amândoi au simțit că ceva minunat urma să se întâmple.Au petrecut zilele următoare cu speranță și emoție,iar vestea că Mia era însărcinată a venit curând,umplându-i de o fericire imensă.Când au aflat că vor avea o fetiță,au decis să-i pună numele Amelia,un nume care le amintea de puterea de a zbura spre visuri înalte și de a îndrăzni să exploreze necunoscutul.Amelia era simbolul iubirii lor și al aventurii pe care o trăiseră împreună.Casa lor de lângă ocean s-a umplut cu râsete și bucurie pe măsură ce Amelia creștea,înconjurată de dragostea părinților săi,care îi povesteau despre toate locurile unde au fost și despre visurile pe care le-au urmat împreună.Amelia le aducea acum un nou capitol,unul plin de promisiunea unei vieți împlinite.

Capitolul 7: O nouă generație

Anii au trecut frumos pentru familia lui Brian și Mia.Amelia a crescut într-un mediu plin de iubire,libertate și înțelegere.Avea acum patru ani,iar personalitatea ei era o combinație minunată între curajul mamei și firea calmă,echilibrată a tatălui.În fiecare dimineață,Mia îi împletea părul,spunându-i povești despre locurile prin care au călătorit împreună.Amelia era fascinată de aventurile părinților săi,mai ales de acelea din Columbia,unde se născuse visul de aur,și îi asculta ca și cum ar fi fost basme.De multe ori îi cerea lui Brian să o ridice pe umeri și să-i arate „cum e să zbori spre visuri înalte."Amelia era o fetiță plină de viață și curioasă,dornică să descopere totul.Îi plăcea să exploreze plaja din apropiere,unde petrecea ore întregi construind castele de nisip,urmărind crabi și adunând scoici.Brian și Mia o supravegheau cu drag,amuzându-se de entuziasmul ei.Vedeau în Amelia un mic aventurier și simțeau că viața lor e acum completă.În timp ce Amelia descoperea lumea,Brian și Mia au început să-și regăsească propriile pasiuni într-un mod diferit.Mia revenise ocazional în sala de gimnastică,lucrând cu copii din comunitate,iar Brian devenise un antrenor căutat,oferindu-și experiența în formarea tinerilor sportivi din oraș.Au observat că Amelia era fascinată de antrenamentele pe care le urmărea în sală.Fetița încerca să-și imite părinții,ridicând mâinile ca într-o mișcare de dans sau încercând să facă piruete pe nisip.Văzând cât de mult îi plăceau aceste exerciții,Mia a început să-i arate câteva mișcări de bază,în joacă,fără nicio presiune.Amelia își găsise deja plăcerea în gimnastică,iar Brian și Mia au încurajat-o să se bucure de fiecare mic progres.Când Amelia a împlinit șase ani,a participat la prima ei competiție de gimnastică.Brian și Mia s-au asigurat că nu pun presiune pe ea,ci o susțin în fiecare pas.La competiție,Amelia s-a simțit ca o mică eroină,strălucind în ochii părinților săi.Deși era una dintre cele mai mici participante,a executat cu grație și zâmbet mișcările pe care le exersase acasă.În fața spectatorilor,Amelia a simțit bucuria performanței și a înțeles că gimnastica era mai mult decât un simplu sport.Pentru ea,era o continuare a poveștilor pe care le auzise de la părinți,o șansă să își creeze propriile amintiri și să simtă ce înseamnă să visezi și să-ți urmezi inima.Brian și Mia erau în culmea fericirii și își aminteau de primii lor ani în gimnastică.Își doreau ca Amelia să se dezvolte liber,

cu plăcerea de a descoperi și fără nicio presiune.În fiecare seară,familia se reunea pe plajă pentru o scurtă plimbare,un ritual de care se bucurau din plin.În timp ce Amelia alerga pe nisip,încercând să prindă valurile care se retrăgeau,Brian și Mia discutau despre viitorul lor.
Mia,cu brațele în jurul lui Brian,îi spuse:
-Cred că ne-am găsit liniștea,nu-i așa? După toate călătoriile și provocările,aici,cu Amelia,simt că suntem unde ne-am dorit.Brian zâmbi,privind la Amelia:
-Da,Mia.Și poate că e doar începutul.Poate că Amelia ne va învăța lucruri noi,la fel cum noi am vrut să-i arătăm lumea.Familia și-a făcut astfel un obicei de a se bucura de micile momente,de a fi împreună și de a construi o viață bazată pe iubire și respect reciproc.Deși aventura continuă,pentru Brian,Mia și Amelia,cele mai frumoase momente erau chiar acestea,serile liniștite pe malul oceanului,râsetele fetiței lor și visul lor împlinit,de a crea o familie plină de iubire și speranță.Pe măsură ce Amelia creștea,talentul ei pentru gimnastică devenea din ce în ce mai evident.La vârsta de opt ani,demonstra o agilitate și o precizie care îi surprindeau chiar și pe Brian și Mia.Deși antrenamentele erau încă mai mult joacă decât muncă serioasă,Amelia începea să aibă propriile ei visuri.Se uita cu admirație la filmele cu gimnaste de renume și visa,cu inocența vârstei,că într-o zi va deveni și ea campioană.Brian și Mia erau conștienți de posibilitățile fiicei lor,dar și de provocările și sacrificiile necesare în

drumul către succes.Deși știau cât de mult își dorea Amelia să fie pe podium,își doreau ca ea să-și găsească pasiunea și bucuria în gimnastică,fără presiune.Amelia simțea mereu susținerea lor caldă și răbdătoare, iar asta îi dădea încredere.La nouă ani,Amelia a început să participe la competiții mai serioase în oraș și chiar în afara lui.Deși era una dintre cele mai tinere concurente,avea o concentrare uimitoare pentru vârsta ei și reușea să-și controleze emoțiile pe podium.Brian și Mia o însoțeau la fiecare competiție,încurajând-o înainte de fiecare exercițiu și amintindu-i că scopul este să se bucure de fiecare moment.Primul ei concurs național a fost un moment special pentru toți trei.Amelia a reușit un exercițiu la bârnă aproape perfect,iar părinții ei au privit-o cu mândrie și emoție.Știau cât de greu muncise,dar mai ales cât de multă pasiune investise.Nu a câștigat locul întâi,dar Amelia s-a clasat în top,iar pentru ea și pentru părinți, aceasta era o victorie imensă.Când Amelia a împlinit 13 ani,antrenamentele au început să devină mai intense.Îi plăcea să fie cea mai bună și să-și depășească propriile limite,dar această dorință aducea și provocări emoționale.La această vârstă,Amelia a început să simtă presiunea competițiilor și provocările de a-și menține echilibrul între școală,gimnastică și timpul cu prietenii.Brian și Mia i-au fost alături în fiecare pas,învățând-o cum să-și gestioneze emoțiile și să-și păstreze pasiunea pentru gimnastică fără să se lase copleșită.Mai ales Mia,care experimentase presiunea competițiilor internaționale,știa cât de important era să rămâi echilibrat și motivat.Ea o învăța să își aloce timp și pentru relaxare și distracție,iar uneori mergeau toate trei în excursii la plajă sau în natură,unde se deconectau de la ritmul intens al antrenamentelor.La 15 ani,Amelia a avut ocazia de a participa la primul său campionat internațional.Aceasta era o competiție la nivel de juniori,dar însemna enorm pentru ea.Emoțiile erau mai mari ca niciodată,dar Brian și Mia i-au reamintit că indiferent de rezultat,ea avea deja tot sprijinul lor.În ziua competiției,Amelia a intrat pe podium cu încrederea și grația pe care și le construise în anii de muncă.A reușit să execute exerciții impresionante la paralele și la bârnă,iar la sfârșitul competiției s-a clasat pe locul doi.Părinții ei au fost alături de ea,mândri și emoționați,iar Amelia a simțit că efortul și perseverența ei erau răsplătite.În anii care au urmat,Amelia a continuat să se dedice gimnasticii și să participe la competiții naționale și internaționale.La 18 ani,visul de a participa la Jocurile Olimpice devenea din ce în ce mai real,iar Brian și Mia au văzut că Amelia era gata să-și urmeze drumul în competițiile de seniori.Brian și Mia au fost întotdeauna sprijinul ei constant,iar Amelia le-a mulțumit pentru susținerea lor în fiecare zi.Pentru ea,părinții ei nu erau doar antrenori și mentori;erau fundația ei,cei care i-au oferit aripi să zboare.Cu doar câteva luni înainte de calificările pentru Jocurile Olimpice,Amelia s-a antrenat din greu,înconjurată de sprijinul necondiționat al părinților ei.

Fiecare exercițiu,fiecare sacrificiu și fiecare moment de îndoială aveau acum un scop mai clar.Știa că,indiferent unde o va duce drumul,avea mereu un loc numit „acasă" unde dragostea părinților ei o va primi necondiționat.

Capitolul 8: Moștenirea lăsată în urmă

Pe măsură ce Jocurile Olimpice se apropiau,emoția și dedicarea Ameliei creșteau.Zi de zi,se antrena intens,muncind fără oprire pentru a-și perfecționa mișcările.Alături de ea,Brian și Mia o încurajau în fiecare moment,mereu atenți să o sprijine atât fizic,cât și emoțional.Amelia reușise să se califice în echipa națională a Australiei,un vis pe care îl purtase în suflet de mică.Momentul în care a primit vestea că va participa la Jocurile Olimpice a fost copleșitor.Părinții au fost cei care i-au oferit îmbrățișarea de care avea nevoie,spunându-i cât de mândri sunt de ea și cât de mult au crezut mereu în visul ei.Amelia știa că drumul până aici nu ar fi fost posibil fără ei.Amelia și echipa sa s-au mutat în satul olimpic cu câteva săptămâni înainte de competiție pentru a se adapta și pentru a continua antrenamentele.Aici,Amelia a descoperit o lume a performanței și a excelenței,în care sportivii din întreaga lume își dedicau întreaga energie pentru un vis comun.În fiecare dimineață,începea antrenamentele devreme,exersând mișcările la bârnă și paralele,iar seara,făcea exerciții de flexibilitate și forță.Erau zile lungi și epuizante,dar Amelia simțea că tot efortul era răsplătit

de bucuria de a-și urma visul.Își aducea aminte de momentele petrecute alături de părinții ei,de lecțiile și sfaturile lor,și de fiecare dată când oboseala devenea copleșitoare,gândul la familia ei îi dădea putere.Într-o seară,Brian și Mia i-au făcut o surpriză,venind să o viziteze înainte de competiția finală.Amelia s-a aruncat în brațele lor,râzând și simțind cum îndoielile se spulberă în fața iubirii lor necondiționate.
-Suntem mândri de tine,Amelia,indiferent de rezultat,i-a spus Mia cu lacrimi în ochi.Asta e doar începutul,și suntem aici să te susținem mereu.
-Amintește-ți că ai în tine puterea visului nostru comun,a adăugat Brian,zâmbind.Concentrează-te pe ceea ce iubești și lasă restul să vină de la sine.Amelia s-a simțit pregătită și împlinită.Știa că nu se afla aici doar pentru a câștiga,ci pentru a aduce la viață povestea pe care o construise împreună cu familia ei.Ziua competiției a sosit într-un amestec de emoție și adrenalină.

Amelia a intrat pe podium cu o încredere calmă,simțind privirea părinților ei din tribune.Publicul era plin de energie,iar zgomotul aplauzelor părea să creeze o atmosferă magică.Primul exercițiu la bârnă a fost aproape perfect.Amelia a executat mișcările cu grație și precizie,iar la final a obținut un scor impresionant,fiind apreciată pentru tehnica și fluiditatea mișcărilor.Următorul exercițiu la paralele a fost și mai spectaculos,Amelia reușind o serie de mișcări complexe,executate cu o ușurință aparent naturală.Fiecare mișcare era o celebrare a anilor de muncă,a sacrificiilor și a momentelor de îndoială peste care trecuse.Când rezultatele finale au fost anunțate,Amelia a simțit cum inima îi bătea mai tare ca niciodată.Spre surprinderea și bucuria ei,reușise să se claseze pe primul loc la paralele,obținând medalia de aur.Era un moment pe care nu-l visase decât în povești,dar acum era real.

În mijlocul aplauzelor,Amelia și-a îndreptat privirea spre părinți,căutând fețele lor în mulțime.Îi vedea zâmbind cu lacrimi în ochi,iar Mia îi făcea semn că totul a meritat.Pentru Amelia,aceasta nu era doar o victorie personală;era victoria unei familii care a crezut mereu în puterea iubirii și a sprijinului reciproc.După Jocurile Olimpice,Amelia s-a întors acasă împreună cu Brian și Mia.Au fost primiți cu entuziasm de comunitatea lor,care îi sprijinise mereu,iar Amelia a simțit din nou acea căldură și susținere.Își găsise nu doar medalia de aur,ci și liniștea de a ști că era acolo unde aparținea.La cina de întoarcere,Brian și Mia i-au oferit un mic cadou simbolic, o scoică de pe plaja unde Amelia obișnuia să alerge când era mică.Ea și-a amintit de toate visele și speranțele pe care le avuseseră împreună și și-a dat seama că toate acele momente mici au fost la fel de prețioase ca medalia ei.Amelia a promis să rămână mereu aceeași fetiță visătoare,dar acum avea în față o lume întreagă pe care să o descopere și un drum pe care să-l urmeze cu pasiune și dedicare,inspirată de iubirea familiei ei.Astfel,povestea lor,înconjurată de iubire,curaj și perseverență,continua.Amelia devenise o campioană,nu doar prin aurul obținut,ci prin lecțiile și valorile primite de la părinții ei,Mia și Brian,eroii ei adevărați.După revenirea acasă,Amelia a început o nouă etapă în viața ei,învățând să se adapteze la rolul de campioană olimpică.Deși medalia de aur era o realizare incredibilă,presiunea așteptărilor din partea lumii gimnasticii și a publicului devenea tot mai copleșitoare.Toată lumea se aștepta ca ea să continue să câștige,să fie mereu în top și să își păstreze statutul de campioană.Cu toate acestea,Amelia și-a dat seama că succesul venea cu sacrificii neașteptate și cu o responsabilitate pe care doar familia ei o putea înțelege pe deplin.Amelia simțea o presiune nouă și intensă în fiecare antrenament.După un timp,rutina care odată îi aducea bucurie și satisfacție devenise o sursă de stres.Era atentă să nu dezamăgească pe nimeni,să fie la înălțimea tuturor așteptărilor,și,în mod inconștient,să nu își dezamăgească părinții.Într-o zi,după o ședință de antrenament extrem de solicitantă,Amelia s-a întors acasă epuizată.

Brian și Mia au observat schimbarea din ochii ei,iar într-o seară liniștită,au purtat o discuție de suflet,așa cum obișnuiau de când era mică.
-Amelia,a început Mia,știi că pentru noi nu contează câte medalii ai câștigat sau câte vei câștiga în viitor.Suntem mândri de tine nu pentru aurul olimpic,ci pentru persoana minunată care ai devenit.Brian a adăugat cu calm:
-Sportul trebuie să fie o pasiune,nu o povară.Dacă simți că presiunea te împovărează,vrem să știi că nu ești singură și că ne poți spune orice.Amelia s-a simțit eliberată,dându-și seama că în ciuda presiunii și așteptărilor,avea sprijinul necondiționat al părinților.A fost un moment revelator,un moment în care și-a dat seama că avea nevoie să redefinească ceea ce însemna succesul pentru ea însăși.După această discuție,Amelia a decis să ia o pauză de la competițiile internaționale.S-a retras pentru o perioadă,concentrându-se pe antrenamente mai ușoare și pe mentorat.A început să antreneze copii la o școală locală de gimnastică,împărtășindu-le din experiența și înțelepciunea ei.Printre acești copii,Amelia a găsit inspirație și o bucurie sinceră,pură.Micii gimnaști îi aduceau aminte de primele ei zile de antrenament,când gimnastica era doar o aventură fascinantă.Această experiență a reconectat-o la esența iubirii sale pentru gimnastică.Îi vedea pe copii râzând,bucurându-se de fiecare mișcare,iar asta îi amintea de perioada în care și ea simțea la fel.Acea pauză și timpul petrecut cu cei mici au fost vindecătoare și eliberatoare pentru Amelia.După un an de mentorat,Amelia a simțit din nou dorința de a reveni la competițiile internaționale.

Dar de data aceasta,era o altă Amelia,o tânără sigură pe ea,mai înțeleaptă și mult mai liniștită.În loc să simtă presiunea de a câștiga,Amelia simțea doar bucuria de a fi parte din acest sport.Și, de data aceasta,ea avea o echipă de susținători aparte:copiii pe care îi antrenase și care o priveau acum cu admirație și inspirație.Pe parcursul antrenamentelor și competițiilor care au urmat,Amelia a învățat să se bucure de fiecare moment.A câștigat unele competiții și a pierdut altele,dar pentru ea,fiecare experiență era o lecție,nu o obligație.Într-o finală importantă, într-un turneu internațional,a reușit din nou să obțină o medalie de aur.Dar această victorie era diferită,era o confirmare că și-a găsit echilibrul,că a reușit să îmbine pasiunea cu înțelepciunea.Acum,când urca pe podium,nu o făcea pentru a dovedi ceva,ci pentru a celebra călătoria pe care o parcurse.Cu fiecare an care trecea,Amelia și-a continuat drumul în gimnastică,dar și-a dedicat mai mult timp antrenoratului.Pe lângă copiii pe care îi ghida cu grijă,Amelia își dorea să construiască un program de antrenament pentru tinerii gimnaști din toată Australia,încurajându-i să își urmeze visurile fără presiunea de a câștiga cu orice preț.Brian și Mia priveau cu mândrie această evoluție a fiicei lor.Își dădeau seama că Amelia nu era doar o campioană olimpică,ci și o campioană a echilibrului,a înțelepciunii și a iubirii pentru sport.Astfel,povestea lor continuă,învăluită în amintiri prețioase și noi începuturi.Amelia era acum un model nu doar pentru tinerii gimnaști, ci și pentru părinții și mentorii care își dedică viața pentru a susține visurile altora.Cu o iubire puternică și o familie unită,Amelia reușise să transforme succesul într-o poveste de înțelepciune și echilibru,devenind un adevărat simbol al gimnasticii.

Capitolul 9: Trăind prin amintiri

După revenirea pe scena internațională și stabilirea sa ca antrenoare pentru micii gimnaști,Amelia a început să participe la tot mai multe evenimente sportive,unde avea ocazia să întâlnească sportivi din întreaga lume.Într-o astfel de competiție,organizată în Melbourne,a făcut cunoștință cu Ethan,un gimnast de origine britanică,cunoscut pentru stilul său elegant și pentru disciplina cu care aborda fiecare exercițiu.Ethan era un sportiv matur și echilibrat,care împărtășea aceleași valori ca Amelia,dar era și o persoană cu un simț al umorului fin și o pasiune sinceră pentru sport.Fiind puțin mai în vârstă decât Amelia,el deja fusese un competitor la Jocurile Olimpice și avusese experiența unora dintre cele mai intense competiții.Deși mereu modest,Ethan avea în spate o carieră impresionantă și devenise un nume respectat în lumea gimnasticii.Amelia și Ethan s-au întâlnit pentru prima dată în sala de antrenamente a competiției.Ethan era deja la încălzire când Amelia a intrat, iar atunci când s-au privit pentru prima dată,între ei s-a simțit o conexiune imediată.În acea zi,Amelia l-a observat pe Ethan în timpul antrenamentului și a fost impresionată de mișcările lui fluide,de tehnica lui impecabilă și de pasiunea pe care o punea în fiecare exercițiu.După antrenament,cei doi s-au întâlnit la o cafenea din apropiere,unde au început să vorbească despre viața lor,despre sport și despre visurile lor.Ethan era atras de felul sincer și cald al Ameliei,iar Amelia se simțea în siguranță în prezența lui,găsind în el un partener de conversație și un om care îi înțelegea pe deplin pasiunea pentru gimnastică.

-Știi,Amelia,îi spuse Ethan într-o seară,pentru mine gimnastica este o formă de artă.Mi-a oferit mult,dar uneori simt că presiunea de a câștiga îmi umbrise bucuria pentru sport.Cred că tu înțelegi sentimentul,nu? Amelia a zâmbit cu căldură și i-a dat din cap.

-Da, exact asta simțeam și eu.E greu să găsești echilibrul,dar cred că am învățat să mă bucur de fiecare moment,să îmi las inima să fie mai ușoară.Pe măsură ce zilele treceau,Amelia și Ethan au petrecut tot mai mult timp împreună,participând la antrenamente,vizitând orașul și vorbind ore în șir despre planurile lor de viitor.Dragostea lor a înflorit natural,într-un mod care a surprins amândoi.Ethan era atent,mereu prezent,iar Amelia simțea că lângă el putea să fie ea însăși fără nicio mască.Într-o seară,Ethan a invitat-o pe Amelia la o cină pe malul mării,unde au privit apusul împreună.Acolo,pe plajă,Ethan i-a mărturisit că,alături de ea,simțea că își găsise o ancoră în această lume a competițiilor și a presiunii constante.

-Amelia,am fost atât de concentrat pe succes și pe performanță,încât uitasem cum e să trăiesc cu adevărat, i-a spus Ethan,privindu-i ochii strălucitori.Îmi amintesc mereu de asta când sunt lângă tine.Amelia i-a zâmbit,luându-i mâna și simțindu-se copleșită de fericire.În acea seară,au înțeles că iubirea lor îi ajută să devină versiuni mai bune ale lor înșiși.După competiția din Melbourne,Ethan a decis să se mute în Australia pentru a fi aproape de Amelia.Au început să își construiască o viață împreună,bazată pe sprijin,încredere și pasiunea comună pentru gimnastică.Amândoi au devenit antrenori respectați,inspirând noi generații de gimnaști și promovând o viziune echilibrată asupra sportului,una în care bucuria și pasiunea sunt la fel de importante ca succesul.Împreună,Amelia și Ethan au început să viseze la o viață în care să aibă și o familie,un cămin plin de căldură și iubire.Și-au dorit ca,într-o zi,să își învețe copiii să își urmeze visurile cu pasiune și dedicare,dar să nu uite niciodată de bucuria simplă pe care o aduce drumul în sine.După ce Ethan s-a mutat în Australia,el și Amelia au început să își construiască o viață împreună.Au găsit o casă mică,dar primitoare,într-un oraș liniștit,aproape de o sală de gimnastică renumită.Aici au început să își dedice timpul tinerilor sportivi, devenind antrenori respectați și iubiți de comunitate.Dragostea lor pentru gimnastică și pasiunea pentru a ajuta noile generații îi apropiau și mai mult.Când și-au deschis propria școală de gimnastică,,,Centrul de Gimnastică Harmonia",Amelia și Ethan au pus accent pe un stil de antrenament care promova sănătatea mentală,echilibrul și pasiunea pentru sport.Spre deosebire de antrenorii lor,care uneori puneau presiune uriașă pe sportivi,Ethan și Amelia au învățat din experiențele lor și au creat un loc în care copiii să poată progresa fără a simți povara unui succes impus.La scurt timp după ce școala lor a început să devină tot mai cunoscută,Amelia a aflat că este însărcinată.Știrile au fost o surpriză emoționantă pentru amândoi.După toate provocările și realizările de pe scena internațională,viața le oferea acum o bucurie mai profundă,un copil.Împreună,au ales numele lui:Oliver,un nume care simboliza pacea și echilibrul,exact acele valori pe care își doreau să le insufle și în viața de familie.Pe parcursul sarcinii,Ethan a fost sprijinul de nădejde al Ameliei.Fiecare zi era o sărbătoare a familiei lor și a micuțului care urma să vină pe lume.Amelia se bucura de această nouă etapă a vieții și de sentimentul că începea o călătorie plină de iubire,dar de data aceasta nu pentru competiții și medalii,ci pentru a fi părinte.În timp ce își așteptau copilul,Ethan și Amelia și-au continuat munca la școală,simțind că antrenamentele lor căpătaseră o nouă semnificație.Ideea de a-și învăța copiii,atât pe cei de la școală,cât și pe propriul fiu,care era pe drum,cum să găsească echilibrul și bucuria în tot ceea ce fac devenea motivația lor principală.Într-o noapte senină de vară,Amelia a intrat în travaliu,iar Ethan a fost alături de ea,plin de emoție și nerăbdare.Oliver s-a născut sănătos și plin de viață,aducând o bucurie indescriptibilă în familia lor.Ethan l-a ținut în brațe pentru prima dată,iar Amelia,plină de lacrimi de fericire,a simțit că toate sacrificiile și provocările prin care trecuse până atunci au dus-o exact unde trebuia să fie.Viața lor a devenit o combinație între antrenamentele de gimnastică și momentele minunate petrecute cu Oliver.Cu fiecare zâmbet al micuțului lor,Amelia și Ethan se simțeau mai împliniți, realizând că și-au găsit echilibrul și fericirea pe care le căutaseră atât de mult.Centrul de Gimnastică Harmonia a continuat să se dezvolte,iar mulți dintre elevii Ameliei și ai lui Ethan au ajuns să concureze la nivel internațional.Cu toate acestea,succesul copiilor antrenați de ei nu era măsurat doar în medalii,ci și în modul în care acești tineri gimnaști creșteau încrezători și echilibrați.Oliver a crescut printre gimnaști,învățând din valorile părinților săi și simțind mereu că face parte dintr-o comunitate mare și iubitoare.Amelia și Ethan au învățat că adevărata victorie nu vine din trofee,ci din viața pe care o construiești alături de cei dragi. Drumul lor,plin de competiții,călătorii și provocări,i-a adus în final într-un loc în care găsiseră cu adevărat pacea și bucuria.

Capitolul 10: Sfârșitul și începutul unei noi ere

Bunicii lui Oliver,părinții Ameliei și ai lui Ethan,au fost extrem de fericiți când au aflat de venirea pe lume a nepotului lor.Deși locuiau la mare distanță,părinții Ameliei fiind în Australia și părinții lui Ethan în Anglia,au făcut tot posibilul să fie prezenți în viața lui Oliver cât de des au putut.În primele luni,când Oliver era încă bebeluș,bunicii Ameliei au venit să stea cu el pentru câteva săptămâni.Bunica lui,Mia,îl privea cu ochi plini de iubire

și uimire,mângâindu-i încet mânuțele și părul moale.Era atât de mândră de Amelia și de drumul pe care ea și Ethan îl parcurseseră,dar și de acest mic miracol care adusese atâta fericire în familie.Bunicul lui Oliver,Brian,era fascinat de fiecare mișcare a nepotului său.De câte ori avea ocazia, îl plimba prin grădină,arătându-i florile și copacii,ca și cum micuțul Oliver ar fi înțeles tot ce-i spunea.Era mândru să-l poarte în brațe și să-i șoptească povești despre natură și aventurile pe care el însuși le trăise în tinerețe.
-Vezi tu,Oliver,natura e cel mai bun profesor,îi spunea Brian în timp ce-i arăta un fluture colorat.Învață să o privești și să te bucuri de ea.După vizita părinților Ameliei, au venit și părinții lui Ethan din Anglia.Bunica lui Oliver,Emma,era o femeie blândă și iubitoare,iar când și-a văzut nepotul pentru prima dată a fost copleșită de emoție.Era fascinată de ochii lui mari și curioși,care păreau să observe totul în jur.Emma și-a propus să-i aducă un strop de cultură britanică,spunându-i povești clasice

și cântându-i cântece de leagăn din copilăria lui Ethan. Bunicul lui Oliver,Thomas,era un om cu un umor aparte,mereu vesel și plin de povești amuzante.El și Ethan aveau o legătură specială,iar Thomas era entuziasmat să-și vadă fiul devenit tată.Îi spunea lui Oliver,cu un zâmbet larg:Ei bine,dragul meu,ai noroc să ai niște părinți așa minunați! Când mai crești,te voi învăța tot felul de trucuri! Cu timpul,Oliver a început să dezvolte o legătură unică cu fiecare bunic.Mia îl învăța să fie curios și să aprecieze lucrurile simple,plimbându-l prin grădină și arătându-i plantele și păsările.Emma,cu vocea ei blândă,îl alina când era agitat,iar Thomas îi aducea zâmbete și râsete de fiecare dată când îi făcea glume sau îl distra cu fețele lui amuzante.Brian,cu spiritul lui aventuros,îi povestea despre locuri de poveste și îi explica de ce natura este cel mai frumos cadou pe care îl avem.Pentru Amelia și Ethan, prezența bunicilor era o binecuvântare.Aveau acum o comunitate de iubire și sprijin în jurul lor iar Oliver creștea înconjurat de afecțiune.Într-o seară,în timp ce stăteau toți în grădină,bunicii povesteau despre copilăria lor,iar Ethan și Amelia se uitau cu emoție la Oliver,simțindu-se norocoși că viața le-a oferit atât de mult.Bunicii,cu ochii sclipind de bucurie,se simțeau împliniți,știind că lasă în urmă o moștenire de iubire și valori profunde,care vor dăinui în viața lui Oliver.Fiind împreună, toată familia a înțeles cât de importantă este legătura lor.Oliver,chiar și la vârsta lui fragedă, simțea că este iubit și protejat de toți cei din jurul său,având parte de o copilărie magică și plină de momente prețioase pe care,într-o zi, le va păstra în inima sa ca pe o comoară neprețuită.Timpul a trecut,iar în lumea gimnasticii, schimbările erau evidente.Generațiile noi de gimnaști au început să se formeze sub semnul moștenirii lăsate de doi dintre cei mai mari antrenori din istorie:Mia și Brian.Așezându-se la cârma unei noi ere în gimnastică,aceștia au reformat modul în care antrenamentele erau structurate și au pus un accent deosebit pe sănătatea mentală și comunicarea deschisă între antrenori și sportivi.În ciuda succesului și recunoașterii internaționale de care s-au bucurat,un lucru a rămas constant:dorința lor de a oferi o educație echilibrată și sănătoasă care să ducă sportivii nu doar către victorie,ci și către împlinirea personală.Sub conducerea lor,gimnastica devenea mai mult decât un sport-devenea o formă de auto-descoperire.După mulți ani de succes și câștiguri,Mia și Brian au devenit nu doar antrenori renumiți,dar și adevărați mentori ai tinerelor talente care se alăturau echipelor lor.Echipele lor de gimnastică erau din ce în ce mai mari,iar învățăturile lor continuau să influențeze generațiile viitoare.Un exemplu viu al acestei moșteniri era echipa de gimnastică care evolua acum sub ochii lor-tineri plini de energie,care nu doar că visau să ajungă la Jocurile Olimpice,dar își doreau și să urmeze aceleași principii pe care le învățaseră de la Mia și Brian:disciplină,respect,și un spirit de echipă puternic.Unul dintre noile talente care ieșea în evidență era Anna,o gimnastă cu o tehnică impecabilă și o dedicare deosebită,care își amintea cu mândrie cum, încă de la o vârstă fragedă,își alesese să urmeze exemplul Ameliei și al lui Ethan.Anna nu era doar o sportivă,ci și o adevărată învățătoare pentru cei mai mici, îmbinând spiritul echipei cu rigurozitatea necesară pentru succes. Ea devenise o adevărată „generație de succes",purtând mai departe tradiția deschisă de părinții ei,care fuseseră antrenori sub îndrumarea celor doi mari.La un moment dat, după o lungă carieră în gimnastică,Mia și Brian au început să simtă greutatea anilor.Deși rămăseseră în continuare activi ca antrenori și mentori,viața lor a luat o turnură mai liniștită pe măsură ce înaintau în vârstă.Unul dintre cele mai grele momente pentru întreaga lume a gimnasticii a fost trecerea lor în neființă,eveniment care a adus un val de tristețe în întreaga comunitate.Mia,care avea 71 de ani,și Brian,care ajunsese la 69,au lăsat un gol imens,dar și o moștenire de neșters.Chiar și în ultima perioadă a vieții lor,atunci când erau deja fragili din punct de vedere fizic,își continuau munca cu aceeași pasiune care le-a marcat întreaga carieră.Toți cei care au avut ocazia să învețe de la ei au simțit că au fost martori la o eră revoluționară,un timp în care gimnastica devenea o reflecție a spiritului uman,nu doar a tehnicii pure.După moartea lor,întregul univers al gimnasticii s-a adunat pentru a le aduce un omagiu,iar lumea sportului a înțeles cât de mult au schimbat acești doi antrenori destinele multor tineri gimnaști.Aproape imediat după trecerea lor în neființă,federațiile internaționale de gimnastică au decis să le acorde distincții postume,iar numele lor au devenit sinonime cu inovația și umanitatea în acest sport.Antrenorii care lucrau acum cu tinerii din diverse colțuri ale lumii recunoșteau că filosofia lor,inspirată de Mia și Brian,reprezenta fundamentul unei noi ere.Ei nu doar că învățau tehnica,dar își instruiau sportivii să fie lideri,să comunice deschis și să își asume responsabilitatea pentru propriile lor vieți.Călătoria lor a fost comemorată în numeroase moduri:trofee și premii au fost dedicate numelui lor,iar competițiile internaționale au început să includă secțiuni speciale în care tinerii antrenori își împărtășeau cunoștințele inspirate de moștenirea lor.S-au organizat simpozioane,în care cei care le-au fost elevi au vorbit despre cum le-au schimbat viața și carierele.Oliver,fiul Ameliei și al lui Ethan,care crescuse într-un mediu de gimnastică și învățase de la părinții săi și de la bunici să aprecieze echilibrul și respectul față de acest sport,a continuat să fie parte din acest univers.Deși nu a devenit un gimnast de talie mondială,el a ales să urmeze calea părinților săi,devenind antrenor și mentor.Oliver a înființat o academie de gimnastică pentru tinerii talentați din Australia,împrumutând nu doar tehnicile și metodele de antrenament ale părinților săi,dar și filosofia lor bazată pe echilibru și sprijin emoțional.În fiecare an,la aniversarea trecerii lor în neființă, familia și foștii lor elevi se adunau pentru a organiza evenimente care să le păstreze amintirea vie.Sub forma unui trofeu special,o statuie a lor a fost ridicată la

„Centrul de Gimnastică Harmonia",iar câștigătorul competiției internaționale de gimnastică era premiat cu „Trofeul Mia și Brian",un simbol al unei moșteniri care va dăinui pentru totdeauna.Astfel,chiar și în absența lor fizică, Mia și Brian au rămas în centrul lumii gimnasticii,continuând să inspire și să modeleze fiecare generație de sportivi care venea din urmă.Povestea lui Mia și Brian,cei care au revoluționat gimnastica și care au schimbat viețile a mii de sportivi,a ajuns la sfârșit.Dar moștenirea lor a rămas vie,continuând să inspire nu doar gimnaști,ci și oameni din toate colțurile lumii care au învățat de la ei ce înseamnă pasiunea,dedicarea și iubirea pentru un vis.Fiecare copil care a crescut sub îndrumarea lor,fiecare gimnast care a simțit că poate depăși orice limită,a păstrat cu el acele lecții care i-au ghidat pașii în viață.Mia și Brian nu au fost doar antrenori,ci părinți spirituali,mentori care au învățat că succesul nu se măsoară doar prin medalii,ci și prin iubirea față de cei din jur,prin solidaritatea unei echipe și prin curajul de a rămâne mereu autentici.Oliver,cu familia sa,și toți cei care i-au urmat exemplul au înțeles că adevăratul succes nu vine dintr-o medalie de aur,ci din călătoria continuă,din sacrificii și din dorința de a face o diferență.Fiecare gimnast care a trecut prin mâinile lor a dus mai departe o parte din ei,iar astfel,Mia și Brian au devenit nemuritori.Și în fiecare an,în ziua când își aniversau plecarea dintre noi,toți cei care le-au cunoscut au înălțat un toast tăcut,amintindu-și de lecțiile lor și de momentul în care fiecare dintre noi,ca o echipă,devenea mai mult decât suma părților sale.

Pentru că,în final,ceea ce Mia și Brian au lăsat în urmă nu au fost doar metode de antrenament sau medalii,ci o lecție despre cum să trăiești o viață plină de sens,despre cum să înveți din greșeli și despre cum să iubești ceea ce faci,indiferent de obstacole.A fost o poveste despre iubire,sacrificiu,trădare,dar și despre reconstrucție,despre a învăța să cazi și să te ridici din nou,și despre puterea unei echipe care,prin legătura lor puternică,au reușit să construiască nu doar cariere,ci și destine.Și astfel,chiar și după sfârșitul lor,Mia și Brian au rămas veșnic vii în inima gimnasticii și în sufletele celor care le-au trăit visul.

Epilog:

Anii au trecut,iar lumea gimnasticii,ca orice altă lume,a evoluat.Noi talente au apărut,noi metode de antrenament au fost adoptate,și,la fiecare Olimpiadă,noi nume s-au adăugat listei celor care au câștigat medalii de aur.Dar chiar și în mijlocul acestor schimbări,un nume a rămas neschimbat în inima tuturor celor care i-au cunoscut munca,pasiunea și dedicarea:Mia și Brian.Într-o dimineață răcoroasă de iarnă,când vântul adia prin feroneria sălii de gimnastică,tinerii antrenori și sportivi care începuseră să urce pe drumul pe care Mia și Brian l-au bătătorit cu trudă,simțeau încă prezența lor.Ei nu erau doar o parte a istoriei.Mia și Brian fuseseră un simbol al unui vis împlinit,un simbol al umanității în mișcare.La fiecare competiție internațională,în adâncul sufletului fiecărui sportiv,se simțea ecoul învățăturilor lor.

-Nu este doar despre ce faci,ci despre cum te simți când faci acea mișcare,spunea Mia într-o zi,iar Brian adăuga cu o voce calmă,dar fermă:Gimnastica nu este doar un sport,este o reflecție a ta,a felului în care te conectezi cu tot ce este în jurul tău.Moștenirea lor trăia prin fiecare gimnast care zâmbea în fața provocărilor,prin fiecare sportiv care,atunci când cădea,știa că poate să se ridice.Așa cum și ei au făcut-o de atâtea ori.Oliver,fiul Ameliei și al lui Ethan,devenise acum un bărbat matur,cu propria familie,continuând moștenirea părinților săi și a celor care le-au fost mentori.Era antrenor și tată,învățându-i pe tinerii gimnaști nu doar despre salturi și echilibru,ci și despre echilibru în viață.Cu o dăruire remarcabilă,el căuta să aducă în fiecare zi aceleași valori care i-au fost transmise de părinții săi și de bunici:dragostea pentru sport,respectul față de munca depusă și,mai presus de toate,încrederea că orice obstacol poate fi depășit atunci când există o echipă unită.Într-o zi,la încheierea unui alt an de competiții,echipa de gimnastică a Australie,pe care Oliver o coordona,a câștigat primul loc la Campionatele Mondiale,iar trofeul a fost ridicat nu doar în cinstea lor,ci și în memoria celor care au schimbat fața gimnasticii.A fost un moment de tăcere,un moment în care toți cei care știau ce înseamnă cu adevărat acest sport și ce înseamnă să fii un adevărat antrenor,au simțit că încă trăiesc moștenirea lui Mia și Brian.Iar lumea gimnasticii,indiferent de era în care trăia,nu îi va uita niciodată.

Pentru că, așa cum fiecare salt este o mică călătorie,așa și fiecare viață atinsă de acești doi mari antrenori a fost o călătorie care a schimbat,pentru totdeauna,direcția.Așezându-se acum în amintirile celor care i-au iubit și i-au urmat,Mia și Brian sunt o fărâmă din toate acele momente de neuitat.Și chiar și în neființă,continuă să inspire,să aducă speranță și să arate că visurile,atunci când sunt trăite cu toată inima,pot lăsa o moștenire veșnică.Sfârșitul unei povești este doar începutul altora,iar moștenirea lor trăiește în fiecare clipă a fiecărui sportiv care se înalță spre cer,pe aceeași cale pe care ei au bătătorit-o cu pași hotărâți și cu suflete pline de iubire.

Copyright

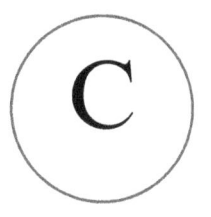

Ⓒ

Bucur Loredan 11-11-2024
Birmingham U.K.

Milton Keynes UK
Ingram Content Group UK Ltd.
UKHW021847231124
451423UK00001B/269